imaginist

想象另一种可能

理想国
imaginist

天鹅旅馆

Swan Hotel

张悦然

图书在版编目（CIP）数据

天鹅旅馆 / 张悦然著 .-- 上海：上海三联书店，2024.7
ISBN 978-7-5426-8518-6

Ⅰ.①天... Ⅱ.①张... Ⅲ.①长篇小说 – 中国 – 当代 Ⅳ.① I247.5

中国国家版本馆 CIP 数据核字 (2024) 第 098847 号

天鹅旅馆

张悦然 著

责任编辑 / 苗苏以
策划编辑 / 黄平丽
特约编辑 / 黄盼盼
封面设计 / 汐和 at compus studio
封面摄影 / 山本昌男
内文制作 / 陈基胜
责任校对 / 王凌霄
责任印制 / 姚 军

出版发行 / 上海三联书店
（200041）中国上海市静安区威海路755号30楼
邮　　箱 / sdxsanlian@sina.com
联系电话 / 编辑部：021-22895517
　　　　　发行部：021-22895559
印　　刷 / 山东韵杰文化科技有限公司

版　　次 / 2024 年 7 月第 1 版
印　　次 / 2024 年 7 月第 1 次印刷
开　　本 / 787mm×1092mm　1/32
字　　数 / 102千字
印　　张 / 7.25
书　　号 / ISBN 978-7-5426-8518-6/Z・1881
定　　价 / 58.00元

如发现印装质量问题，影响阅读，请与印刷厂联系：0533-8510898

1

四月的一天,于玲醒得很早,她闻到被子上阳光的气味,就知道下雨的事没有了指望。太阳已经出来了,她坐在床边,透过二楼的窗户看着外面。过去半个月,窗外这棵玉兰不停地抖落枝子上的花,像个激动的女人。随着最后几朵花掉下,这棵树在一夜之间恢复了理智,变成了一棵正常的绿色的树。于玲叠好被子,将睡衣折起来放进衣柜,走出了房间。

她来到男孩的床边,掀开被子,"快起床,春游去了!"

男孩睁开眼睛,一骨碌爬起来,冲进洗手间刷牙。楼下的黑胶唱机里传来肖邦的《革命》,是男主人喜欢的曲目。于玲站在洗手间门口等候,手里拿着一件灰色毛衣。

男孩走出来,摇了摇头。"我要穿黄色那件,胸前有小汽车的。"他想从毛衣底下钻出去,被于玲一把抓住。

"要爬山,那个容易脏。"

裤子也是灰色的,球鞋是很久之前的一双,黑色,有点小了。男孩抱怨还没爬山,自己看上去已经很脏,于玲没有理会他。

"带个玩具吗?"于玲问。

"泰德。"男孩回答。

"那个会说话的熊?"于玲摇摇头,"太吵了。"一只米色小象被塞进了背包。"你从前很喜欢它的,还记得吗?"

男孩跑下楼。餐厅的桌上摆着一排保鲜盒,里面是切片的菠萝和哈密瓜、去了蒂的草莓,还有男孩喜欢的黄桃。这些不过是餐后零食。正餐是各种肉串,还有海鲜。于玲答应过他,这是一次真正的烧烤。所谓"真正",就是把吃的都串到木签上。昨晚于玲一直在串肉串,现在她看什么东西,都觉得上面有个洞。

这一家的另一个保姆小惠从后院走进来，手里拿着浇花的水壶。

"好家伙，你们需要带这么多东西吗？"

"你跟我们一起去吗，小惠阿姨？"

"我可没有这个福气。"

男孩的爸爸从楼上走下来，他已经换上了运动服，看来一会儿要去健身房。

"瓦斯瓶带上了吗？"

"备用的我都带了两个。"于玲回答。她的眼神很飘忽，所以男主人跟她说话的时候从不看她，好像那样只会自取其辱。这会儿他的目光落在一把新买的黄花梨圈椅上。

"带一个便携音箱，宽宽路上能听音乐。"男主人显然高估了男孩的音乐天赋，为了练琴，父子俩没少吵架。就在两天前，因为男孩不肯去上钢琴课，父亲把男孩的乐高城堡踢散了。那是外公上次来的时候和男孩一起搭的，用了整整一天。为此，男孩发誓绝不原谅他爸爸。所以他们出门的时候，他爸爸在身后喊了好几声，他都没有回头。

于玲将保鲜盒装进白色旅行袋，把旅行袋拎到露营用的推车上，最后放上折叠烧烤炉。她一手牵着男孩，一手拉着推车向前走。

"你最好把外套的拉链拉上，"她对男孩说，"咱们得走一段。"

男孩挣开她的手去拉推车。旅行袋里的玻璃器皿碰撞，发出叮叮咣咣的声音。路边的草坪上，喷水器喷洒着伞状的水雾，被阳光照出一小段彩虹。男孩停下脚步，举起指头数了数：

"为什么只有四种颜色？什么时候能看到完整的彩虹？"

"不知道，等下了雨吧。"

"什么时候下雨？"

"下雨就不去春游了。你要彩虹还是要春游？"

男孩吐了吐舌头，拉着推车往前跑了。他们经过种满深红色郁金香的园圃，沿着人工湖旁的步道朝大门口走。一个工人正站在湖边，用长柄的捞叶网去够水面上漂着的一条死鱼，看到他们走过来，工人马上停下手中的活，鞠躬行礼。出了大门，于玲带着男孩又往前走了一段。路口的大树底下，停着一辆破旧的白色面包车。车身的油漆斑驳，靠近后车门的轮毂有些变形。原本司机小董是要送他们的，但因为最近男孩家的另一套房子在装修，他要四处去买建筑材料，于玲就让他先忙那边的事，说自己的一个同乡会开车，可以陪他们。

面包车的车门打开了，司机跳下来。男孩眨眨眼睛看着他。

"你就是冬瓜叔叔吗？你的头不像冬瓜啊。"

男人咧嘴笑起来，"回头我把头发一剃，你就知道我的头有多圆了。"

男孩绕着面包车转了一圈，站在后面打量着车屁股，直到于玲喊了好几声，他才跑过去。于玲拉开车门让他爬上去，又在他的胸前拦了一道松松垮垮的安全带，自己则从车里退了出来。"我坐前面吧，冬瓜叔叔不认路。"

冬瓜叔叔立刻抗议，"我来北京的年头可比你久！"

于玲坐到副驾驶座上。男人扭开发动机，车子抖了几下，摇摇晃晃地开动起来。男孩显得很兴奋，可能因为这辆车跟他平时坐的都不一样,而且也不用坐安全座椅,于是他从座椅的一边滚到另一边,还站起来去够车顶,被于玲看到,马上喝止了。

男人单手握着方向盘,摸起手刹边的烟盒,磕出一根叼在嘴里,冲于玲指了指挡风玻璃底下那只来回漂移的打火机。于玲拿起它,刚要凑过去点烟,火苗就灭了。

"笨。"男人一把摘下烟,塞到她的嘴里。

于玲扭过头去,面朝车窗那一边。她不想让男孩看到自己叼着烟。她匆匆吸了一口,把烟送回去,却看到男人正透过后视镜对男孩扮鬼脸,他接过烟,冲着镜子挥了挥。

"你要试试吗?"

"你疯了吗?他才七岁!"于玲说。

"我七岁的时候都跟着哥哥出门打架了。"男人说。

"我没有哥哥。"男孩审慎地回答。

男人哈哈笑起来,"错在你爸妈身上咯?你倒挺会找理由。"

2

汽车从一个繁忙的路口掉头，开上高架桥。随着速度加快，窗户开始发出嗡嗡的震动。于玲从挎包里拿出手机看了看，又塞了回去。她的手碰到那只便携音箱，将它拿出来。布满孔洞的银色金属圆盘，看起来像个蜂巢，被反射的阳光像蜂蜜一样，从那些小孔里淌出来。

"带这个干什么，车上不是有收音机吗？"男人问。

"音质不一样。你手机里有什么音乐吗？"

"你都能听出来音质了？我手机里只有相声。"

"我要听相声！"男孩在后座拍手，"我没听过相声。"

"不会吧？"男人咕哝了一句，点了几下手机，音箱里传出一个怪异的声音，男孩还没听清楚，里面就迸发出一阵笑声。男孩也笑起来。随后，只要音箱里的人笑，男孩就跟着笑。他把脸颊贴在音箱上，好像这样就能早点听到笑声，以便及时做出回应。

于玲回头望着他，"别啃手指甲。"她的声音很小，并不足以让男孩听见。但她没有再重复一遍，而是转过身，仰头靠在椅背上。

男人看了她一眼，"你怎么了？"

"不用管我。"于玲闭上了眼睛。

离出城还有些时间，她告诉自己应该睡一会儿。但是她感觉自己的眼睛并没有合拢，阳光不断从外面涌进来。她清晰地听到男人拨弄打火机的声音，闻到从旁边飘过来的烟味。然后窗户被打开了，她感觉到一阵风涌向自己，前额的头发像蹿跳的火焰。风走了，但很快又来了，揪住她的头皮，在她的太阳穴上咚咚敲鼓。她相信自己一定是忘了带什么东西。这个念头从一出门就跟着她，现在变得越发强烈。她努力回想到底落下了什么，但脑袋里像是盛着一锅粥，每搅拌一下，都变得更黏稠。当她再次睁开眼睛时，发现他们已经到了郊外。窗外是一望无际的田野，开满了金黄色的小花。油菜花。她竟然想了一下才叫出它的名字。在城市里住得太久，花已经变成另外一种东西。它们是昂贵的商品，而且只有一个星期的寿命。谁是第一个把鲜花剪下来出售的人？他的头脑令人钦佩。

现在于玲想到，她忘了今天是星期天，花卉市场的摊主会来送花。那个小个子的男人会把车停在别墅门口，打开后车斗让于玲自己挑。野百合、芍药、洋牡丹，于玲把选出来的花抱在怀里，花蕾上还带着露珠，其实她心里很清楚，那不过是男人一小时前喷上去的水。可是即使是再普通的星期天，也会因为有新鲜的花而变得不一样。

今天她会错过那些花。小惠将代替她站在门口。按照分工，这差事本来也要交给小惠的，但女主人嫌她的审美太差——不是所有人都能像于玲一样，不仅认识所有的花，还自己摸索出一套搭配花束的方法。女主人有一阵子学插花，自己没有耐心，做到一半就丢给于玲。"你真的很有天赋，我要把你的潜能都挖掘出来。"女主人向她保证。

女主人今天下午会回来,但也可能是晚上。她经常因为误机而改签,却很少为此感到抱歉,她相信对一个艺术家来说,遵守时间是件屈辱的事。她这次去香港也是临时起意,因为感觉缺少画画的灵感,就决定去拍卖会上找一找。她果真找到了,昨天在电话里宣布,她拍到了一面印度的屏风。

"太棒了,"丈夫一如既往地称赞道,"你回来以后我们要好好庆祝。"

"我明天就回来了。"女主人说。

于玲和宽宽对望了一眼。宽宽很清楚,他妈妈一回来,春游的事就彻底泡汤了,她会说那能长什么见识呢,还不如去看画展,听音乐会。

"要是你真的想去的话,"于玲走到闷闷不乐的男孩面前,"我们明天上午趁妈妈回来之前可以去。"男孩欢呼着跳起来,一把搂住她的脖子。

3

男孩将一侧脸颊贴在车窗上,像只壁虎似的一动不动。相声让他感到疲倦了。

男人揣起手机,打开了收音机。"这个怎么就不能听音乐了呢?"

他话音刚落,广播里传来嗡嗡的噪音,刚响起的歌声变得越来越小,像一只飘远了的气球。过了一会儿噪音小了,歌声又飘回来了。声音低回的男歌手刚唱了两句,更为强劲的噪音袭来,于玲捂上了耳朵,让男人赶紧关掉。男人执着地拨弄着换台的旋钮,最后总算找到了一个没有噪音的频道,正在播报新闻。国家卫生健康委把职业病纳入到了基本公共卫生服务的范围。我国又一条新高铁全线开工。女主播的声音此刻如此清晰,仅是这一点就让他们心生感激,不由地觉得她随便说什么都是好消息。

后座的男孩又活了过来。他拉开窗户,把头探了出去。

"进来!"于玲冲着他喊。

男孩把整个上身都探了出去,冲着高处大喊了一声。

于玲扭过头来让男人快点停车。

"别大惊小怪的,"男人说,"我看着呢,旁边没车。"

"我不管了!"

男人望了于玲一眼:"别烦躁,遇到什么事都得沉住气。"

左前方出现了一辆大卡车。于玲立即转身去看男孩,发现他已经把头收回来了,此时正饶有兴趣地打量着那辆车,他指着后车斗上竖起的铁栏杆问于玲:

"那里面装的是什么?"

于玲没有理他。男孩又问了一遍。男人回答:

"可能是鸡。"

"它们要去哪里呀?"

"菜市场，"男人说，"等着被宰。"

男孩不吭声了。但很快他从后面伸过手来，拍了拍男人的肩膀，请他把车停下。男人没理会，等到他变到旁边的车道，准备超过卡车的时候，男孩又把头伸出去，冲着开着窗的卡车司机喊："喂——停一下。"

司机看到男孩的手势，一个急刹车，停住了。男孩从座位上站起来去拉车门，于玲忙喊停车，面包车拐向应急车道，停下来。

男人冲着男孩吼道："你要干什么！"

于玲答应带男孩下去看看，但要他保证绝不在公路上乱跑。卡车司机正蹲在地上查看后车轮胎。

"叔叔，你的车后面装的是什么？"

司机瞪着他，"我当是车胎爆了呢。"

男孩跑到后车斗的底下，踮起脚朝上面张望，"能让我看看吗？"

于玲对司机说："师傅，帮个忙吧。"她将男人喊过来，从他手中拿过烟盒，掏出一根递给司机。司机把烟夹在耳朵上，走过去打开后车斗。男人举起男孩，让他爬到上面。男孩蹲下端详着铁笼，里面都是白色的大鹅，身体挤作一团，不分彼此，只有一簇一簇的脖子从栏杆里探出来。

"是天鹅！"男孩激动地说，"去年我和爸爸妈妈旅行的时候在一个湖里见过。"

于玲没有纠正他，因为男孩一定会问天鹅和鹅的区别，而于玲对此并无把握。她只在电视里见过天鹅，永远在美丽的湖水里漂着，好像没有脚一样。

"你看完了吗？"她问男孩。

"我们能把它们带走吗？"

于玲板起脸，"要是买了鹅，就没法去春游了。你自己选吧。"

男孩一屁股坐在车斗里，"那就不去春游了。"

"好，我们现在就回家。"于玲朝面包车那边走，被男人一把拽住：

"你这是闹的哪一出？"

"我想回去，今天不适合春游。"

"你什么意思？"男人猛吸两口手里的烟，扔掉烟蒂，冲着司机说，"多少钱一只啊？"

"五百块。"司机说。

男人瞪大了眼睛，"抢劫啊？"他随即摆了摆手，掏出手机，将钱转给对方。

"你只能选一只。"他对男孩说。

"剩下的天鹅怎么办？"男孩问。

"去它们该去的地方。"男人说，"快选吧，我们还得赶路。"

男孩抿起嘴，望向于玲。男人也看着她。最终，她开口对男孩说，"我们没有那么多钱。一只鹅或者没有鹅，你自己选。"

男孩终于答应，却又因为不知该选哪只而伤脑筋。鹅都闭着眼睛，只有离他很远的一只睁着眼睛，眼珠乌亮。男孩说他就要这只。可是等司机打开笼子，所有的鹅都把眼睛睁开了，惊慌地向后退缩。司机正打算随便抓一只，男孩却不同意，非要找到刚才那只。他的目光逐个掠过那些鹅，由左到右，从右往左。司机不耐烦地直起身体，叉着腰等待。

"就是它！"男孩指着其中一只，张开手臂准备拥抱它。下一秒，当司机用他的大手箍住那只鹅的肚子时，鹅发出一阵尖叫，叫声凄惨。男孩抱住自己的头蹲在那里，很长时间没有站起来，直到司机用绳子绑好鹅的脚，将它交给男人。

"它不会飞走吗？"男孩问。

"它要有那能耐，也不至于是现在这样。"男人说，"我跟于阿姨说好了，还是带你去春游，但你不能再惹新的麻烦了。知道吗？"

"它能飞的，我看到过天鹅飞起来。"

鹅被安置在后座。于玲将男孩的背包搁在他和鹅之间，并警告他不要把手伸过去。"小心它叨你。"

车子开动起来。窗户发出嗡鸣，女播报员继续播送出她的新闻。男孩将手藏在书包底下，像埋伏的士兵，伺机向鹅的那边挺进一小段，再停下来观望动静。

于玲的手机响了。她捂住拎包，从里面掏出手机。是男主人，她接起电话，他说有急事，让她马上带宽宽回家，然后把电话挂了。

"怎么回事？"男人问。

男孩从后座站起来，冲着前面喊："我不回去！"

于玲说："坐下！"

男孩回到座位上，看到车子还在往前开，而且没有减速，才放下心来。他的手越过书包，来到了鹅的脚边。

广播里的女人说，一波寒流正在南下，明天要降温，然后是整点报时，十二点了。车子开下高速路，拐入一个加油站。

于玲拉开车门对男孩说："去上厕所吧。"男孩看了一眼身旁的鹅。

"我看着呢，跑不了。"于玲说。

男孩跳下车。他一边朝厕所走，一边扭过头来看他们的车，好像被什么东西吸引，他又朝这边跑过来。

"我知道这车哪里不一样了！"他冲着迎面走来的男人得意地说，"它没有车牌！"

男人面无表情地走过去。于玲靠在车门边，正仰着头咕咚咕咚地喝水。男人走到她的旁边。

"你的手机关了吗？"男人问。于玲点了点头。

"卡也得扔了。"

"等过了收费站。"

"还没下决心？"

"别跟我说话了行吗？让我清净一会儿。"

4

面包车沿着一个斜坡,开上高速公路。路面不断升高,直到与两旁杨树的树梢齐平。树梢在风里晃动,树枝分开又合拢。太阳被蒙在一层薄雾里,天阴下来。

男孩上身前倾,观察着前座的两个人。几分钟前,他已经告诉过他们,他饿了,但是没有人回答他。车里很安静,窗户震动的嗡嗡声不再是噪音,而是安静的一部分。广播仍旧开着,但好像没人在听。突然,歌声停止了,女新闻播报员回来了。

"据中央纪委国家监委消息,原云南省委书记秦心伟涉嫌严重违纪违法,目前正接受中央纪委国家监委纪律审查和监察调查。秦心伟出生于一九五四年一月,河南洛阳人,一九七一年二月参加工作,中共党员,研究生学历,经济学博士……"

"姥爷!"男孩嚷起来,"我姥爷是秦心伟!"

"安静!"于玲说。广播的音量被调大了。

"这是今年第一位接受调查的省部级官员……"

"接受调查是什么意思?"男孩问。没有人回答。

男人用手砸了两下方向盘,一个急刹,把车停在了公路边。鹅从座位上掉下去,慌乱地扑棱着翅膀。男孩去抱它,手指被它的长嘴戳了一下。

男孩把手藏进口袋,又问了一遍:"接受调查是什么意思?"

过了一会儿,于玲才回过头来,"姥爷被叫去开会了。"受到先前那个卡车司机的启发,她说:"车胎好像出问题了,我下去看看。"男人也跟着她下了车。

两人绕到车前碰面。

"真是太倒霉了。"男人说,"都怪你,早动手什么麻烦都没了!"

于玲用一种故作轻松的口吻说:"我说了我有预感,今天这日子不合适。"

"以后都不会合适了！你还没明白？他们家完蛋了！"

"调查也不一定都有事吧？说不定调查完就可以回家了呢。"

"回什么家，你不看新闻的吗？他这后半辈子都要在牢里过了！他女儿女婿也脱不了干系——这个秦文是他的独生女儿对吧？"

于玲觉得男人的说法太夸张了。秦心伟到底犯了多重的罪呢，又不是杀人放火。

男孩跳下车，蹲下来看车轮。看完前面的；又看后面的，绕着车走了一圈。

男人盯着从他面前走过去的男孩。"我现在就给他爸爸打电话。"

"今天还是算了吧，他们家已经这样了。"

"他们家的钱本来都是老百姓的，我们就是老百姓，拿走点有什么问题吗？"

"有什么问题吗？"男孩停住脚步，重复了一遍。他喜欢从大人那里收集一些句子。

于玲拉着男孩钻进车里。她把那只鹅往旁边推了推，自己也坐到后座上。隔着车窗，她看到男人走到树下，一只手搭在树干上，另一只手举着手机。太阳照在那只银色塑料壳上，闪着明晃晃的光。男人的脖子很短，肩膀很宽，敦实健壮。

男人回到车里，说他给宽宽爸爸打了电话，但是无法接通。他让于玲试一试。如果打通了，就说路上遇到车祸，晚些才能到家。于玲回到前座，装上电话卡，打开手机拨过去，提示音显示该电话现在无法接通。

"是给我爸爸打吗？"男孩问。

"给他妈妈打一个。"男人低声说。

于玲拨了过去。那边传来一个女声：您所拨打的电话已关机。于玲放下手机。

车里只有广播的声音，那个女人又在预报天气。

"我不要回家！"男孩喊了一声。于玲没理他，她决定打给司机小董。但那边也是关机。她最后一个试的是小惠，电话通了，但没有人接。

"这下可好了。"男人仰头靠在椅背上，手里揉搓着空烟盒，笑了一声，"我倒还救了你，不然你也给带走了。"

"谁要把于阿姨带走啊？"男孩问。

车子继续开起来,而且没有掉头,男孩松了一口气,悄悄把手从口袋里掏出来,刚被鹅嘴戳了的指头上有个红印。他将手放回去,小声对鹅说:

"我不怪你,我知道你的心情也不好。"

面包车驶下高架桥,前面变成土路,四周迅速弥漫起尘土。路面坑洼不平,车子颠簸得很厉害。鹅受了惊,扑棱着翅膀跳起来,再次掉到了地上。男孩想去抱它,它迅速扭过头,张着长嘴准备叨他。男孩举起双手,做了个停火的手势,向它保证会让它自己待着。

"我们迷路了吗?"男孩问。

没有人回答。于玲又把几个手机号码都拨了一遍,直到她听到广播里又在播报新闻。

"据中央纪委国家监委消息,原云南省委书记秦心伟涉嫌严重违纪违法,目前正接受中央纪委国家监委纪律审查和监察调查。秦心伟出生于一九五四年一月……"

于玲看着男人,"和刚才说的一样,没什么新内容。"

"废话,"男人说,"你当是连续剧呢,还告诉你后头怎么样了。"

车子终于驶出那片土路,来到一条很窄的柏油路上。

"瀑布!瀑布!"男孩叫起来。于玲朝窗外看去,右边是一片水库,正在开闸,有一截水流朝低处冲去,也就半米高。

男人想停车,但于玲说这里离河太近,没有护堤。她指挥男人又往前开了一段,绕了个弯,来到水库的另一侧。那里有片树林,背后是一座低矮的小山,上面覆盖着毫无特色的绿色植被。

男人拉起手刹。于玲走下车,拉开后面的门对男孩说:"你就在这里玩,别让我看不见你,知道吗?"

于玲回到副驾驶座。男人立刻冲着她嚷道:"我是不是跟你说,这些当官的说抓就抓起来了?"

"所有人都不见了。"于玲沉浸在一种兴奋情绪里。

"你还挺高兴?我就说你不正常。"男人说。

这时电话响了。于玲看到小惠的名字出现在屏幕上,感到有些失望。

"宽宽爸爸给两个男的带走了,"小惠说,"他让你给孩子的奶奶打电话,电话写在一个棕色本子上。"

"宽宽妈妈呢?"

"没回来呢。你们走了没多久，宽宽爸爸就从健身房回来了，他去书房打了好长时间的电话，出来就让我给宽宽收拾行李。我问去哪里，他也不说。等我把箱子装好，那俩人也来了。他们倒是挺客气的，就问了问我平时都是谁住在这里。"小惠停顿了一下，"你快回来了吗？"

于玲说离得还远。那边愉快地"嗯"了一声。"我也先走了。你的工钱也是到月底才付吧？他们可是欠着咱们的呢。"

"你想拿东西就拿，用不着找借口，"于玲说，"反正你过去也没少拿。"

小惠笑起来，"姐，我的事你就别操心了，还是想想自己的前途吧，你的底细家政公司都知道了，想换工作可没那么容易啊。"电话挂断了。于玲把手机扣过来，丢进包里，好像它和小惠是一伙儿的。

"你这点精力，全都用在和别的女人斗上了！"男人把烧尽的烟蒂扔出窗户，"听我说，孩子妈妈应该还没被抓。得想办法联系上她，告诉她孩子在我们手里。"

"警察都找不到。你能找到？"于玲说。

"这个秦文在香港有什么朋友吗？快想想。"

于玲看向窗外，男孩正蹲在草丛里，盯着手心里的一个绿乎乎的东西看。那东西在动，好像是只虫子。

"她没有什么朋友。"于玲说出这句话的时候，心中感到一丝快乐。

5

"'就当是一次春游,别的什么也不用管。'这不是你跟我说的吗?"于玲打开后备厢,将装满烧烤装备的推车搬下来,对男人说。"我现在就按照你说的办。"

她拉着烧烤架走到一棵大树底下,选了块平坦的地方将它支开,再把瓦斯瓶拧上去。这不难,她从前见过别人怎么用。男人双手叉腰看着她,然后他走到草丛那边打电话。于玲将黄白格子的野餐布铺在地上,从编织袋里取出她准备的食物。并非只有水果和昨晚串好的肉串,事实上,她带了足够他们三个人吃三天的食物。按照计划,他们会一直开到河北境内,那里有座苍岩山,很荒凉,他们会在那里待一些时候,具体多久要看谈判的情况,但绝对不会超过三天,这是男人答应她的。而且他还保证绝对不会让孩子知道发生了什么,就说他们迷路了,手机坏了,和外界失去了联系。等收到钱,他们就把孩子送到京郊的一个游乐场,再悄悄溜走,孩子的父母晚些时候会接到通知,赶去那里。游乐场是她选的,从前他们去过,现在已经变得很凋敝,但总还是有几个工作人员的,男孩发现跟她"走散"之后,可以向他们求助。是的,在那个游乐园她就要和男孩永久地分别了。这是迟早的事,总有一天她会离开。离开就是永远离开,她可不指望几十年后,男孩会跋山涉水跑到乡下去看一个儿时的保姆。

对男孩来说,这只是一次春游。一次比预想的长了一点的春游,于玲这样告诉自己。她认为他们可以用食物和桌游打发多出来的时间,没准男孩玩得很开心,很久之后都会怀念呢。竟然想让男孩怀念,这个念头让她感到十分羞愧。她带着羞愧,准备了丰盛的食物:M12澳洲和牛、安格斯牛舌、内蒙古羊排、法国银鳕鱼、日本北海道带子刺身、新西兰黑金鲍鱼、红魔虾、阿拉斯加雪蟹腿、伊比利亚火腿、醉蟹、牛肝菌、舞茸。

这些食材都是家里现成的，存放在地下室的冰柜里，每当它们被消耗得差不多了，就会有新的补充进来。跟鲜花一样，食材也有一个专门的供应商，但他不像送鲜花的那么固定，有时候家里宴请多，就会来得频繁一些。他最重要的职责是搜罗一些时令的珍稀食材，松茸、见手青、鲜刀鱼。有时他拿到一批上好的野山菌，男主人就会专门摆一场家宴。

于玲喊了两声宽宽，男孩慢吞吞地走过来，双手拢在一起。于玲正在往铁架上刷油，抬起头看了男孩一眼，"那是什么？"

"蚂蚱？"男孩不太确定地说，"蚂蚱是野生动物吗？"

"把它放回去吧，你不是饿了吗？"

男孩问："蚂蚱是肉食动物吗，它吃牛肉吗？"

"不吃。"

"那——"男孩刚要再问，于玲说："鹅也不吃，但是鹅没准吃蚂蚱，你可以去试试。"男孩连忙把手缩到胸前，摇了摇头。

"你就一直捧着它吧，什么都别吃了。"

男孩走到草丛那边去了，他蹲下又站起来，还是扣着双手没松开。他走到男人跟前，神秘地将双手打开一条缝，让他看看自己的蚂蚱。男人一面鼓捣着自己的手机，一面挥手赶他走。他没走远，很快又靠上来。男人就吓唬他说自己最爱吃烤蚂蚱，假装伸手要抢。这一招很奏效，男孩马上合拢手，转身跑了。

牛肉串烤好了，于玲把它们移到盘子里，在烤架上放了红魔虾和雪蟹腿。

"你们两个吃吗？"于玲冲着草丛那边喊。一大一小两个男人各自站在一边，背朝着她。她从野餐垫上坐下来，拿起一串牛肉串。她只用了简单的香料、海盐和黑胡椒腌制，尽可能保留牛肉本来的味道，肉汁溢出来，有一股奶香。她给自己倒了一杯橙汁。太阳又出来了，此刻在天空的正中，直射下来的阳光显得十分坚定，在水杯上的边缘淬起一圈闪闪发亮的圆点。于玲想到女主人秦文，现在她一定已经知道，自己的父亲和丈夫都被带走了，她的那些朋友，不过是哄她开心的玩伴，此时只想离她远一点。她现在孤身一人，东躲西藏，于玲想，可是我却可以坐在太阳底下吃牛肉串。

宽宽回来了。他的胳膊太酸了，最终松开手放掉了蚂蚱。男人也回来了，眉头紧锁，看起来很生气。

于玲把肉串分给他们，自己站起来回到烧烤架前。

"这就是那个喝啤酒长大的神牛？"男人说，"有辣椒面吗？"

男孩观察了一会儿，开始学习男人吃东西的样子，一手横握着木签，把上面的肉和彩椒一起撸到嘴里。男孩讨厌彩椒，吐了出来。

"从今天起，你不能再挑食了。明白吗？"于玲站在他身后说。

"为什么是今天？"男孩问。

于玲被问住了，男人回答道："从今天起，不吃就得饿着，懂了吗？"

于玲蹲下来，拿纸巾擦去男孩嘴边的肉汁，"因为你长大了。"

"就在今天吗？"男孩惊异地问，好像自己错过了很重要的事。

"就在今天。"

"你为什么不带点酒呢?"男人抱怨道。

"怕你喝多了没法开车。办大事可不能有半点马虎,不是你教我的吗?"

"行。"男人指着于玲正在烤的雪蟹腿,"这玩意儿这么红,肯定是染的颜色。"他观望了一会儿,见男孩吃得很香,决定试一试,结果他把剩下的全都吃完了。

"总是吃得这么好,确实是会有报应的。"男人的鼻翼上冒出一层油,摇摇晃晃地站起来,走到草丛深处去小便。男孩也跟着去了。他们往回走的时候,男人一把抓住男孩,问他妈妈在香港有什么朋友。男孩说有好多,但最终只提供了两个名字,丽敏和格蕾丝。

"冬瓜叔叔,人必须得有朋友吗?"男孩问。

"当然,说不定什么时候,你就需要朋友托你一把。"男人看了一眼于玲。

于玲正把烤好的鳕鱼和牛舌移到盘子里,好给皮塔饼留出位置,她还切了两片前天自己做的核桃面包,放在铁架上复烤。

"是我做的好吃,还是上次在那个法国人家里吃的好吃?"于玲问宽宽。

"哪个法国人?"男孩说,"我不记得了。"

"有大金毛的那家,院子里安了个秋千,你和他家的小女孩坐在上面荡了半天。"

"我没有和她一起荡,是她让我在后面推她。"男孩回忆着,"她可讨厌了。"

"我就问吃的。"

"你做的好吃。"男孩回答。于玲点点头,又给他一朵蘑菇。

"做得再好又怎么样,以后连神牛的毛也见不着啦。"男人说。

"你能闭上嘴吗?我就想好好吃一顿饭。"

"我们要谈正事了,小孩,你自己去旁边玩会儿。"

男人问于玲,秦文是不是有个叫丽敏的朋友,于玲说,李丽敏是美容师,秦文嫌美容中心的冷气太冷,每次都让她到香港的家里来。男人又问有没有一个叫什么蕾丝的,于玲说她不记得了。

"没事，孩子在我们手里，秦文总得和你联系。"

"扣到什么时候？胡亚飞让我联系宽宽奶奶，就说明秦文暂时不会回来。"

"那咱们把孩子送过去，问奶奶要钱。"

于玲说她得先回别墅，找到胡亚飞留下的棕色本子，才能联系上奶奶，奶奶在广西南宁。

"南宁？"

于玲告诉他，胡亚飞是广西人，父母兄弟现在仍在当地，他们与秦文关系不好，平时很少来往。但是男人相信，无论如何，他们不可能不管这个孩子。所以现在到底是等秦文联系他们，还是主动联系奶奶，他也有点拿不定主意。男人叼着烟在大树下来回踱步。于玲看着剩下的食物发呆，变冷的肉串，蜷缩起身体的红魔虾。春游结束了，她长呼一口气，起身收拾东西。同时，她意识到孩子离开了她的视线。

"宽宽——"她喊道。孩子在很远的地方应了一声，她往那个方向看了看，只有一片树林，没有水塘之类危险的地方。她继续干活，将烧烤架折叠，把推车拉到面包车跟前。有一只编织袋塞了太多东西，她使劲拽住拉锁，想把它合拢，拉锁却掉下来，袋子整个被撑开，再也合不上了。她看到后备厢里垫着一块沾满泥巴的白色毯子，决定用它包住散架的编织袋。

　　于玲把毯子拽出来，发现它比想象的要大，而且有个角被什么东西压住了。她用力一扯，毯子出来了，下面露出一个黑色的尼龙背包。于玲把它勾出来，很沉，拉锁封得严严实实。于玲打开了它，里面有一把锤子、一把弹簧刀、一卷很粗的麻绳，还有个玻璃瓶，她剥掉外面缠着的毛巾，是乙醚溶液。她把东西塞回包里，推进那个角落。尼龙包好像碰到了什么东西，咯噔响了一下，她低头朝车座底下看，那里横着一把铁锹。她打了个寒战。

6

于玲听到一阵奔跑的脚步声。她合上后备厢转过身，宽宽迎面跑来，一头扎到她的怀里。

"怎么了？"她问。

男孩仰脸看着她，眼睛里噙满泪水，拉起她的手朝树林深处走去。那里静悄悄的，地上很湿，泥土像伤疤一样被翻开，她走得太急，险些被一根横在地上的树枝绊倒。前面的树林越来越密，她没想到男孩走了这么远。男孩捏了一下她的手心，同时停下脚步。她环视四周，没有看到什么人，直到她把视线降低，顺着宽宽看的方向望去，才看到在他们右前方的树下，有一团白色的东西。是一只死猫。但她不是很确定，它的姿势很奇怪，两条腿分开，背弓起来，像个人那样坐着，头向前垂下。她绕到了它的前面，惊呼了一声。猫的眼睛已经空了，蚂蚁正从眼窝里爬出来。

她初中毕业那年暑假，在小舅舅的养鸡场干过几个月。他们对她很照顾，没让她杀过一只鸡。她只是负责冲洗。她攥着鸡脖子，感觉到鸡皮在手心滑动，那些时候，她总在担心一件事，就是手中握着的鸡忽然睁开眼睛看着她。她的数学不错，知道有种东西叫概率，她相信如果你经手足够多的鸡，这样的事早晚会发生一次。既然人们总是会遇到各种各样的奇迹，谁能保证在这件事上就不会出现奇迹呢？一只没死透的鸡，一只从死里活过来的鸡？随着年龄增长，她明白这是不可能的。因为死亡很彻底。那里有一条清晰的界线，你可以尽情地在生这一边挣扎和反抗，可是一旦死亡降临，把你带过那条界线，你就绝对不可能再回到这一边了。

她拉起宽宽往回走。宽宽挣开了她的手。

"不能这样把它留下。"

她问宽宽想怎么样。宽宽沉思了一下，"我们应该埋葬了它。"

"动物不需要埋葬。"

"为什么?那样会让它睡得更舒服一点。"这是有一天讲故事的时候,宽宽追问为什么要埋葬死者时,于玲给出的答案。有时候,你需要给孩子一些简单又不算太离谱的答案。她当时对自己的回答挺满意,现在却发现它给自己添了个大麻烦。

于玲回到车边,从后备厢里拿出铁锹,返回树林。男人还在草丛那边打电话,他挥动着手臂,看起来像是在极力辩解着什么。

于玲走到男孩旁边,开始用铁锹挖土。男孩神情肃穆地看着她。铁锹戗在没有松动的泥土上,每一下都很刺耳,揪得于玲的头皮生疼。但她还是抡得很用力,像是要让自己记住这种声音,记住这把铁锹为什么会出现在后备厢里。她双手托起猫的身体,把它放到坑里。猫的身体没有她想象的那么硬,在她松开一只手的时候,它的身体甚至打了个弯。男孩帮她一起把土推进去。多出来的盖在上面,拢成小山的形状。

于玲把铁锹往地上一扔,拉起男孩的手,"我们走吧。"

他们回到车边,男人正在收拾后备厢,他把旅行袋向里推了推,冲于玲耸了耸肩。于玲拉着男孩上了车,她没回到副驾驶座,而是把后车座中间的书包往鹅那边推了推,坐在了男孩的旁边。

男人探进头来,"你什么意思?"

"我不管你们怎么商量的,反正我们要回碧湖山庄,马上,"于玲说,"不然——"

"不然怎么样?"

"你最好按照我说的办。"于玲听见自己说,她把目光从男人脸上移开,直视前方,"开车吧。"

男人将手撑在车门上,盯着她看了一会儿,然后他退出去,坐上驾驶座,发动了引擎。

天色已经开始变暗。汽车在高速路上飞驰。有一点不起眼的水滴打在挡风玻璃上,像是雨,但很快就没了。车子的大灯亮了起来,光线无情地照在前面的车上。广播里再一次播报了秦心伟接受调查的消息。

"我刚才跟猫说了好多话。"黑暗中男孩抬起头看着于玲,眼睛很亮,"我告诉它没有朋友也不要紧,我们可以和自己玩。"男孩伸手摸了一下鹅,似乎想问它听到自己的话了吗。鹅没有动,好像睡着了。快到家的时候男孩也睡着了。他把头靠在于玲身上,环过手去抱住她的胳膊。汽车开过一段正在修路的路面,把他颠开了,他没睁眼睛,在黑暗里摸到她的胳膊,又抱紧了。

7

于玲走进房子，屋子里看起来和往常一样，只是因为没拉窗帘，大片玻璃窗立在夜色中，使房间看起来格外空旷。餐厅里正对餐桌的一面墙上，挂着她熟悉的那幅油画，一个年轻女人怀里抱着一个男孩。她的一只手从胸前绕过，箍住男孩的胳膊，使他无法乱动，两人头挨着头，瞪大眼睛望着前方。画的背景极其昏暗，好像他们待的那间屋子里只有一根蜡烛照明。于玲走过去打开了灯。

男孩的旅行箱搁在沙发旁边。茶几上放着男主人用过的马克杯，烟灰缸上横着一根抽了小半截的雪茄。男主人从来不在上午抽雪茄。

于玲告诉男孩,他爸爸有急事,要出差几天,她正思忖该讲他去了哪里,男孩已经开心地跳起来,"再也没有人逼我练琴了!"

男人把那只鹅抱进来,在男孩的哀求下,他给它松了绑,鹅迅速摆着屁股,在客厅里跑起来。男人开始四处游逛,拿起柜子上的青铜雕塑看看,在窗前的那张黑白相间的马毛躺椅上躺躺。他走到于玲背后,低声问:"保险柜在哪里?"

"我没见过什么保险柜。"于玲走上二楼,来到秦文的卧室。她拉开梳妆台的抽屉,先前排得满满当当的首饰盒,只剩下孤零零的一个。于玲来到衣帽间,看到陈列架上摆放的一排拎包都不见了。她打开衣柜,衣服也挂得松快了一些,主要是礼服裙和几件昂贵的皮草。虽然多半是要拿去卖掉,但是于玲的头脑中还是迅速浮现出小惠穿上皮草的模样,露出她那对尖利的虎牙。

于玲从卧室出来,在走廊里遇到男人,耳朵上夹着一支金色钢笔。他已经把男主人的书房搜过一遍,那里什么也没有。于玲记得写字台的抽屉里原本有几只手表,是男主人经常戴的,现在都不见了。

"他们家还有什么别的储藏室吗?"男人问。

"酒窖。"于玲看了男人一眼,"你去过。"

"谁要酒啊,死沉死沉的。还有什么值钱的东西?"

"这里每样东西都值钱。"

男人盯着天花板上的水晶灯,好像在研究如何把它卸下来,然后一甩手,走下楼去。

于玲试图把那只鹅赶到院子里,以免它在地毯上拉屎。那块西藏地毯一直令她提心吊胆,她必须当心不让男孩把奶油蛋糕或是饼干屑掉到上面。那么旧的地毯,竟然要二十几万,送来的人透露价格的时候,于玲觉得他肯定在撒谎。随着时间的推移,她渐渐意识到他说的是真的。没有谁敢带着几千块钱的礼物,走进这家人的大门。

男人颇为欣赏那套皮沙发,他坐下来,一手搭在靠背上,跷起二郎腿,表现出一副男主人的派头。但好像还差点什么,他的目光落在那根雪茄上,拿起它放进嘴里。

"这个胖烟比你那个瘦烟好闻。"男孩站在一旁看着他,"但还是很臭。"

"臭就对了。"男人冲着男孩按下手中的点火枪,一团蓝火从金属嘴里喷出,男孩跑开了。男人叼着雪茄,打开了电视机。他握着那只遥控器,一下一下地揿上面的按钮。他发现电视里的频道多不胜数,但都在讲外国话,有好几个在放没有字幕的英文电影。他找到了另一个信号源,点进去,再点击那个视频的图标,画面上出现的竟然是他所在的这座房子。镜头将观众引向后院,依次展示了假山和亭子、茶室以及女主人的画室。宽宽出现在屏幕上,正和几个孩子在水池边喂鱼,他们嘴里说着什么,但声音被消掉,配上了音乐。这并不是录像,而是剪辑过的短片,每一帧的颜色似乎都精心调过,绿的更绿,白的更白,女士们的嘴唇更鲜艳。

"这是我生日的时候拍的。"宽宽走到电视前。这时,一个穿着灯笼裤的小丑,猛地从假山后面跳出来。"就是他!"宽宽叫起来,"他变魔术的时候露馅了,我看到他在硬币上拴了一根绳子!"男孩表示再也不想看到这个骗子,要求男人马上把电视关掉。见男人根本不听,他就绕到电视后面,猛然拔掉了外接的一个U盘。信号断了,屏幕上只剩一片蓝色。

男人关掉电视。他总担心雪茄熄灭,就一口接一口地嘬,这会儿已经感觉精疲力尽。他喊住于玲,说他决定了,不等男孩妈妈了,现在就给奶奶打电话。于玲沉着脸,没有回答他,走到窗前,按了一下墙上的按钮,墨绿色的窗帘缓缓移动,在中间合拢。

"他们不会放过我的。"男人说。于玲在那一小块未被绿帘掩盖的玻璃上,看到他垂下嘴角,茫然地看向自己。

她终于答应他给孩子的奶奶打电话。但让他先不要提要钱的事。她说他们可以等奶奶到北京来接孩子的时候,再提钱的事,就说请她帮个忙。

"是咱们先帮她照顾了孩子。这个人情她不会不领的。"

男人答应了。他们来到二楼的书房,于玲在写字台的第一个抽屉里,找到了男主人留下的棕色封皮的本子。电话号码写在本子的最后一页,字很大,每个数字都被毫无必要地描了好多遍,像是担心连笔会被认错。但也有可能男主人当时在跟人通话，心绪烦乱，下意识地在纸上描画起来。电话接通了，那边是个声音沙哑的女人，对于于玲的来电没有表现出惊讶。她说宽宽的奶奶中风了，现在在医院急救，但她好像并不是为了解释奶奶为何不接电话，而是在强调自己现在很忙，没工夫说话。她让于玲明天再打。

男人用力踹了一脚墙边的沙发，"太背了，真是太背了！"

于玲手肘支在桌上，十指交叉看着男人，"这事到此为止吧。"

"我们说好的事，你这么容易就反悔了？"

"你差点闯了大祸！要是孩子有个闪失，我们以后的日子怎么过！"于玲垂下眼睛，语气变得缓和，"钱的事再想别的办法吧。实在不行，先用我的还一部分。但是你知道，我的钱是留着结婚的时候盖房子的。"

"你就知道结婚！"男人气呼呼地坐在沙发上，没过多久，他腾的一下站起来，"不好，这里有监控！"他指了指天花板上的一个黑色圆球，走出了书房。

于玲从楼上下来时，客厅的中央多了一只绿色露营帐篷。男孩可能是从储物间翻出来了,把它一路拖到这里。

"这是'天鹅旅馆'。"男孩向于玲介绍道。他对"旅馆"的执迷,起源于某天他在一家旅馆门口看到"宾至如归"四个字,问是什么意思。于玲说就是"谁来到这里,都可以把它当成是家"。他拍手称赞,遂决定长大后要开一间巨大的旅馆,收留所有无家可归的人。现在他先开一间小的,但这间旅馆有鲜明的特色,就是里面有一只"天鹅"。

"今晚我要和天鹅睡在里面。"男孩宣布。

但是天鹅还不知道这一决定。它在墙角找到了一盆天竺葵,正用长嘴卖力地啄花盆里的泥土。男孩向它发出了邀请,它却无动于衷,直到它看到男孩挥起手臂好像要打自己,才颠着脚掌跑起来。男孩满屋子追赶那只鹅,想把它赶进帐篷。鹅好几次经过帐篷的门,却没有要拐进去看看的意思。

男人又在楼上转了一圈才下来。"这房子里藏着不少摄像头,可能有人随时都在监视。"他从口袋里拿出于玲的手机,放在桌上。

"你拿我的手机干什么?"

"你的手机可能也被监听了。还是先别用了。"

男人朝着大门口走,于玲并没有去送他。

男人扭过头来看着她。"我挺想和你好好过的。"

男孩跑过来,拽着男人的手臂把他的肩膀拉低,凑到他耳边:"冬瓜叔叔,你以后不要再吃蚂蚱了好吗?"

"我不叫冬瓜叔叔,我叫陈冬虎。"男人甩开男孩的手,迈出了大门。

8

于玲又回到了这张床上。昨天她以为是在这里睡的最后一晚,当然也没怎么睡,整夜翻来覆去,快天亮时才睡着。她梦见下雨,哗啦啦的水声十分真切,可是一睁眼就没有了,窗外挂着一轮明晃晃的太阳。而后是漫长的一天,也是惊险的一天。他们原本打算做的事没有做,或者说他们其实已经做了,但跟没做一样。如同在水面写字,或是将拳头打到棉花上。在一个更大的力面前,他们的力显得微不足道。早上出门时她告诉自己,一旦迈出这一步,就再也没法回头了。晚上她却又回到了这里,回到了这张她熟悉的床上。可是在经历了舟车劳顿的一天之后,还有什么比这个更让人感到惬意呢？她躺在她喜欢的淡紫色床单上，布面因为反复水洗而变得很软，散发出洗衣液留下的檀木香味，枕着那只不高不低的乳胶枕头——她考虑过把它带走，虽然困意已经很强烈，但这一切舒适得让她舍不得睡去。

她在这张床上睡了四年，起先是在儿童房，等到宽宽满四岁，女主人声称要锻炼他的独立能力，让于玲搬到了这个房间。宽宽睡到半夜常常光脚跑进来，摸黑跳上床，钻进她的被子。他喜欢抓着她的耳朵睡，在睡不着的时候，用小胖手指摩挲她的耳垂。天快亮的时候，于玲悄悄把他抱回儿童房，跟他说这是他们两人之间的秘密。好的，男孩高兴地说，他喜欢他们有秘密。可是过了几个月，他晚上忽然不再来了，而她还是准时在凌晨三点时醒来，竖起耳朵听着外面的动静。她知道不该因此感到受伤，这只是一份工作。她迟早有一天会离开。于玲翻了个身，在黑暗中依稀看到面前的墙壁上有一个宝可梦的贴画，像只鲜嫩的黄色小鸡，宽宽贴上去的时候告诉于玲，你把手指放到它身上，说出你的心愿就能实现。于玲也不能说这是假的，毕竟她从来没有试过。神奇的是，即便没人触摸，宝可梦的长耳朵还是日渐缺损，按照宽宽的说法，它把好运都给了她，所以她今天的平安无事，就藏在宝可梦消失的一毫米耳朵里。

今天的一切都看起来和往常一样。黑暗的浓度，房间的气味，床头柜上那只闹钟的嘀嗒声。但是今天和往常并不一样，当于玲想到她的隔壁房间是空的时，隔壁的隔壁也是空的。那些住在这幢房子里的人，忽然都不见了，除了宽宽。过去四年里，这些人与她朝夕相处，可以说他们组成了她周围的世界。现在这个世界正在坍塌。

小时候她经常做一个梦，在梦里周围的人忽然都不见了，只剩下她自己。她走过亮着路灯的街道，天空黑得发白，好像是黎明前的某个时间，细小的露水正在空气中凝结。她来到路口，向右转，拐进巷子里的一家小饭馆。灶台上摆着垒高的笼屉，冒着白茫茫的热气。她摘下几只笼屉，从中间拿了一只，把其他放回去，在一张靠窗的桌子前坐下。她用桌上的铁壶倒了杯茶，从筷子篓里抽出两根筷子，夹起一只包子。

小饭店里空无一人，但有她需要的一切。她一点也不用着急，没有人催她。也没有人在等她吃完后对她发出指令，让她去干这个干那个。她可以完全按照自己的节奏来。她第一次如此专心地吃饭，她嚼得很慢，甚至不急于尝出那只包子是什么馅儿的。

在梦里，她相信她是这个世界的主人公，其他人好像不过是老天爷派送来的家具，可以退回和更换。只有她自己，是一个活生生的、每个毛孔都在呼吸、每时每刻都在产生念头的人。后来她当然意识到这种想法很幼稚，不过梦的确提供给她一种尊贵的感觉，在梦里你再穷困潦倒，也是主人公，你对面的国王坐拥整座城池，依然单薄如纸，随时有可能消失。她有几个要好的朋友，现在都已经不知去向，她们总是喜欢不停地换地方，有时打一份工连月底都干不到，这样做并非出于对现状的某种具体的不满，也不是有什么更好的去处，就只是得一直走。于玲想，也许她们都做过那种梦，周围的人消失的梦。但在现实中周围的人不可能消失，你只能让自己消失。通过不停地换地方，得到生活的主动性，这是她们做主人公的唯一方式。

于玲必须承认，陈冬虎的计划里，一个很诱人的地方在于，他能把她从这里带走，以一种不能反悔的方式。她被困在这里了——被什么困住？丰厚的薪水？合得来的孩子？还是生活的巨大惯性？今天你把几根黄瓜封进密封罐，明天最重要的事，就是拿出它们看看有没有腌好。整理换季的衣服，给孩子预约龋齿检查，你今天做的很多事，都在为明天做准备，如果你不过明天，等于今天也浪费了。就再干一年，每次于玲都这么对自己说，她必须着手建造自己的生活。这些年除了攒下一点钱，她什么都没有。

然而现在，消失的是他们，是那些环绕在她周围，无时无刻不在挤压她的人。她和其他保姆交流过，她们都承认，雇主不在家的时候是最惬意的时候。她们希望雇主出门应酬，希望他们喝醉、迷路、找情人。没有保姆不喜欢空房子。于玲经常感觉到，这些周围的人在她的屋子外面走来走去，每次脚步离近，她的心脏都会感觉受到压迫。然后就会有人喊她的名字。无论是谁，无论什么时间，她都得马上答应，然后拉开门走出去。这扇门上有一个旋钮的锁，但是她从来不用。要是他们看到她锁门，一定会问，为什么要锁门呢？当她说这个房间很舒适的时候，是在她听不到外面有脚步声的时候，就像今晚。她想到那只鹅，她应该把它抓起来，防止它在地毯上拉屎。是的，地毯很贵。可是那跟她又有什么关系？

清晨时她醒来，去儿童房看宽宽，发现床上是空的。她下楼来到客厅，撩开帐篷，看到男孩静静地躺在那里，周围簇拥着他的泰迪熊、小象和斑马。她在房子里转了好几圈，没有找到那只鹅，也没有找到它的粪便。

在经过主人卧室的时候，她停下来。她站在那扇门前，伸手用力一推。这个粗鲁的动作，给她带来快乐。她大步走进房间，享受着它的空旷。最后，她从梳妆台前坐下来，拉开了抽屉。那只仅剩的首饰盒，孤零零地缩在角落里。于玲想知道它为什么会被小惠扔下。

她拿起那只深蓝色的天鹅绒盒子，很轻。她打开盖子，一颗乳牙掉在桌上。她用两根指头把它捏起来，眯起眼睛打量。她记得很清楚，这颗牙是在有一天晚饭时掉的，当时宽宽的嘴里流了不少血，吓得哇哇大哭。

她把牙留在桌上,带着男孩去冲洗,回来的时候牙就不见了。她还以为秦文把它丢进了垃圾桶,心里很恼火。按照她老家那边的习俗,下排的牙掉了,必须扔到高处,这样新牙才能长得又快又齐。

"你在这儿呢。"于玲把那颗乳牙送回到蓝丝缎包裹的凹缝里,"啪"地合上了盒盖。

9

七点钟,于玲像往常一样走进厨房,开始准备早餐。她从冰箱里拿出三颗鸡蛋、几朵蘑菇和一袋火腿片,打算做欧姆蛋卷。小惠不在,这里显得宽敞了很多,独占厨房的感觉确实不错。做饭的确本是小惠的职责,可宽宽不喜欢吃她做的菜,有什么办法呢?当然小惠不会这么想,她一定认为,连宽宽的味蕾也受到了于玲的教唆。她们两个同时使用这间厨房的时候,就以当中的中岛台为界,各自占据半边。小惠用燃气灶,她用烤箱,小惠喜欢烹炸,她偏爱烘烤。小惠是四川人,炒什么都放辣椒,这恰好符合男主人的口味。于玲做的菜式更西化,则是应宽宽和女主人的需要。她们各自归属不同的阵营，满足不同的需要，本也无可厚非。但是小惠认定，她学做西餐是希望这家人将来移民的时候，能把自己也带上。这个想法并没有什么根据，无非是在大人们谈到宽宽以后出国念书的事时，宽宽说到时候要让于玲陪着他而已。孩子的话怎么能当真呢？

于玲承认，最初学做西餐的确是为了女主人，但后来那迅速变成她的个人爱好——有时候，她很难分辨做事情的热情是一种自发的动力还是别人的期待。况且她拥有得天独厚的条件：这里的书架上有各式各样的西式菜谱，厨房里有最精密的厨具，在最近的超市，她可以买到书上提到的一切原料。"姐，你连英文都认识，上学那会儿学习应该很好吧？"有一次小惠看到她在翻英文菜谱时说，随即又摇了摇头，叹了一口气，"可惜学习再好，也还是在当保姆。"

小惠始终对她怀有敌意，这不难理解，毕竟她是先来的那一个。在家政公司填写工作偏好的时候，有些人会直接注明，不去已经有一个保姆的家庭。这样的家庭固然条件优渥，但多半会被前面的保姆欺负。

于玲自问从未欺负过小惠，甚至对她小偷小摸的行为，也视而不见，但是小惠仍是处处与她作对，当然对小惠自己来说，这可能是一种正当防御。在她的假想里，于玲是个"狠角色"，从另一个保姆手里抢过宽宽，又把那个保姆挤走了。

但那不是事实。其实于玲自己才是被抢过来的，此前她在秦文的一个朋友家干活。有时候，她忍不住想，如果当初没有答应秦文，现在生活会是什么样。没有宽宽，也不会认识冬虎，她简直无法想象，可她曾经就过着那样的生活，而且过得很快乐。

原来的雇主是个香港女人，当时四十岁左右，名字于玲想不起来了，只记得自己管她叫吴太太。在内地，保姆通常管年长的女雇主叫"姐"，或许是觉得这样可以拉近距离。可她第一次管对方叫"吴姐"时，对方就板起脸来，说请叫我"吴太太"。原来他们那里反着，"姐"都是用来唤佣人的。吴太太的丈夫也是香港人，几年前他们来到内地，合开了一间室内设计公司。秦文因为要装修工作室，与吴太太结识，迅速成为朋友。有一阵子，秦文经常来她家做客。那套位于市中心一幢高层公寓顶楼的房子，从地板到墙壁都是白的。客厅里有一面巨大的落地窗，晚上可以看到高架桥上的霓虹车河。

"我也要来过一过你们城里人的生活。"秦文抱着靠垫，蜷缩在米色皮沙发的一角，任由那几绺没有挽进发髻的头发在脸边荡来荡去，好像这样能让自己看起来历经沧桑。她管碧湖山庄叫"我们村"，听她的描述，于玲还真以为她住在什么荒郊野外的地方。但吴太太很快纠正了她。"别信秦文的话，她就是看着别人的东西都觉得好。她还问我打听你呢，说她的工作室缺个打扫卫生的。我说你恐怕不想换地方。你想去吗？"于玲摇头。

她确实不想。她对当时的生活最满意的地方，莫过于她看起来不那么像一个"打扫卫生的"。吴太太和丈夫没有孩子，奉行一种极简的生活方式，平时家里的活不多，于玲一上午就能干完，下午她会去他们的公司，整理各种家居品牌送来的图册和样品，给供货商打打电话。她还学会了使用简单的制图软件，知道怎么改变图片的格式和大小。在那里，她和其他人一起吃盒饭，喝奶茶，留下来加班，吴太太待她的方式，也让她感到自己像是公司里的一个员工。或许假以时日，她就能成为设计师的助理。她没有学历和资质，去外面应聘这类工作是不可能的，唯一的希望就是获得某个老板的赏识。那一年她三十岁。除了盼着早些结婚生子，她也希望能在这个世界上，找到一个属于自己的位置，她很清楚，她不可能当一辈子保姆。

可是秦文为什么会看上她呢？于玲感到纳闷。每次她不过是在端茶送水果时，跟秦文打个照面而已，两人连一句话也没说过。没过多久，吴太太说秦文正式向她提出，要于玲去自己的工作室干活。于玲问，要是我不去呢？吴太太叹了口气，你不去，我这里也没法留你了。我不能跟她作对，你明白吗？于玲垂下眼睛，我还以为我在这里能帮上你们一些忙呢。是啊，你的确很能干，吴太太心烦意乱地说，好像跟她现在造成的困扰相比，那些已经变得不值一提。

"但我还是可以不去，对吧？"于玲问。

"当然，你比我们要自由。"

她相信了这句话，认为主动权握在自己手中。但事实上，当秦文开出比原来高四成的工资时，她发现自己根本无法拒绝。

　　于玲将鸡蛋打散，在白色陶瓷碗里加入牛奶和一点玫瑰盐。她把切成碎末的蘑菇和火腿丁倒入锅中翻炒，再与蛋液混合。这种做法从宽宽四岁那年沿用至今，宽宽讨厌生蘑菇的泥土味，吃到就会吐出来。但是炒过就没问题，有时于玲甚至会偷偷混进去一点煮熟的胡萝卜。宽宽很挑食，每次看着他把盘子里的食物都吃完，于玲都会感到很欣慰。那不是一种把所有的活都干完、可以坐下来的欣慰，而是一种被需要、感觉自己无可替代的欣慰。无可替代。一个保姆这么想是很危险的。在家政公司接受培训时，那里的经理最喜欢说的一句话是，"千万别觉得你自己有什么特别之处"。他让她们记住，只要前脚离开自己的位子，后脚马上会有人把它占了。可是当秦文开出一个那么高的价格，一定要把她夺过来的时候，她觉得这足以证明经理的话是错的。

10

宽宽出现在厨房门口,用一只手揉着眼睛。

于玲看了他一眼,"我说了不能睡在帐篷里,会感冒的。"

"天鹅呢?我好像梦见它了。"宽宽转身朝院子里跑。

"穿上外套!"于玲在他后面喊道。

于玲将卷好的蛋饼盛到盘子里,在雪平锅里倒入牛奶,开始煮燕麦粥。她喜欢在煮得软糯的粥里加一勺醪糟,甩一些鸡蛋花,再丢进去几颗红枣、一把黑芝麻。她走到窗前朝外面张望,确认宽宽穿上了外套,才回到灶台前。粥此时正好沸腾,她关掉了火。厨房里弥漫着一股浓郁的乳香。

四年前一个夏天的傍晚,秦文在工作室等她。那是一座四合院结构的平层大房子,四面的房间各司其职,有画室、会客厅,还有卧室。院子的中央有个天井,地上摆着开满睡莲的石瓮。秦文管它叫"我自己的小天地",她打算以后白天都来这里画画,家里的孩子太吵了,让她什么也干不了。而于玲的工作,就是打扫这间工作室,外加做一顿午饭,等她傍晚回家,于玲就可以休息了——这里有一间卧室是给她的。在交谈中,秦文对她的态度很亲切,但并没有解释把她要过来的原因。最终,于玲不得不自己问出那个问题,为什么非用她不可。

"我听吴太太说起过,你的手很巧,会钉画框,还会画水粉画。这很好,我需要的就是这么一个人。你是怎么会学画画的呢?"

"我在做掐丝工艺画的地方打过工。"于玲低头打量着画架上的画,"你主要画肖像?"

"肖像这个词其实不恰当,有取悦模特的意思,爱丽丝·尼尔说过,这应该叫作'关于人的图画'。"秦文退后两步,打量着于玲,"我可以给你画一幅。"

她走到书架前,从上面拿下来一本画册,翻开给于玲看,"你看,她画得是不是很棒?"那些画上有男人、女人、孩子和动物,他们的轮廓一概用粗黑的线条加以勾勒,看起来很简陋,像小孩画的。于玲看不出到底好在哪里。

"知道为什么爱丽丝·尼尔喜欢画母亲和孩子吗,因为她离开了自己的孩子。"秦文看着画面上的一对母女说,"艺术总是从'失去'开始的。"

但秦文的艺术,永远是从"得到"开始的。为了向爱丽丝·尼尔靠拢,她必须先拥有一幅她的画。一年后,她从拍卖会上买下了一张爱丽丝·尼尔的画,挂在自己家的客厅里。

至于那幅以于玲为模特画的画,直到一年多之后才完成。画家画着画着,忽然有了更想画的人物,一个怀孕的女人、一对双胞胎小女孩、一个生日派对上的小丑,等到她将他们画完,或是对他们也失去了激情,才重拾这幅画。但是不管怎么说,最后她还是把这幅名为"坐着的女人"的画画完了。于玲很失望,画上的女人比自己丑很多，缩着肩膀，双手扣在一起，不知道为了什么事而感到紧张，可能是坐着本身——安安静静坐在那里什么也不用干，就让她感到不安吧。最让于玲受不了的是，画上的女人目光呆滞，眼珠子好像是钉在眼眶上的纽扣，一动也不能动。秦文自己却挺满意，说这是她画得最像爱丽丝·尼尔的一幅画了。她向于玲保证，以后做展览的时候，一定会把它放在最重要的位置。于玲起先还为此担忧，后来她想，谁会知道"坐着的女人"是什么人呢？

除了这幅画造成的困扰，应该说那段时间她们相处得挺愉快。女主人每次来的时候，都带着雀跃的心情，像一个逃课的女生。她画画的时候，于玲就在旁边调颜料，整理画册，或是绷画框。起先她尽可能地小心，不弄出什么声音，但秦文并不喜欢作画时周围那么安静。要是于玲长时间沉默，她就会提出抗议，要求她随便说点什么。于玲不知道能说什么，讲起了自己小时候的故事，如何上树掏鸟蛋，怎么用轮胎扎成一只筏子，还有一回她和弟弟用老鼠夹子来捉弄村长的老婆。秦文总是被逗得哈哈大笑，所以于玲以为她很喜欢听那些故事，况且她当时的确说过"有你陪着我可真好"之类的话。可是后来在秦文对朋友的描述里，那是一段"极其孤独"的日子。秦文很快意识到，这种孤独并不能让自己创造出更好的作品，而是会守在"自己的小天地"里，变成了一种自我的惩罚。她开始呼朋引伴，请人来她的工作室做客。她和那些穿着考究的女人坐在面对天井的落地窗前，热烈地谈论着最近开幕的展览、这一季的拍卖会、新发现的珠宝设计师。唱机里放着慵懒的爵士乐，屋子里弥漫着手冲咖啡的香气。还缺一点甜点，女士们表示，最好是新出炉的那种，于是在秦文的鼓励下，于玲烤起了蛋糕。

"我们做的蛋糕太成功了，她们吃得一点儿也没剩。"尽管秦文的手指没有沾过一点面粉，但她管那个蛋糕叫"我们做的蛋糕"，而于玲并没有觉得这有什么问题，反倒感到很骄傲。她喜欢听秦文说"我们"，好像她们共享着很多东西，而那是由她所拥有的一点点和秦文拥有的很多很多组成的。"我们"是她最理想的去处，就像小溪汇入了大海。

虽然秦文的工作室变成热闹的会客厅以后，于玲比从前忙了很多,她要给女宾们做咖啡和点心,提供简单的餐食,有时那里举办小型沙龙,她还要提前布置,但她发现自己很擅长做这些事,总是会收到客人们的赞美。而且她相信浸没在那些高尚的活动中,自己"学到了很多东西"。如果宽宽没有出现,她和秦文的关系或许会一直很融洽。

谁也说不清为什么那个孩子会对她产生那么深的感情。当时不过是因为照顾他的保姆有急事回老家,于玲才代替她一个星期。只是一个星期,男孩就再也不让她走了。她看起来很严肃,会玩的游戏也不多,可是宽宽就是喜欢她。确切地说,那是一种依恋,他总是像只小猫一样偎在于玲的腿边。当秦文强行把他们分开,将于玲送回工作室的时候,宽宽穿着单衣单裤跑到酷寒的室外,试图追赶那辆车。当晚他开始发高烧,而且不肯喝药。秦文只好又把于玲接回来。

"我很需要你,但是我得把你让给他,一切都以孩子的意愿为先,没办法。"秦文说。然而她的行为却并不像她说的那样通情达理。有时候她会突然差遣于玲出门办事,让宽宽因为找不到她而大哭不止。有时候她又会执意要自己带宽宽出门，给他买各种玩具，让他承认妈咪是对他最好的人。从于玲开始照顾宽宽之后，她们的关系变得忽远忽近、时好时坏。于玲和宽宽的感情倒是一天比一天深厚。有时于玲想到自己总有一天会和宽宽分开，就会黯然神伤。她提醒自己：必须着手建立自己的生活。

早餐快要冷了，于玲把男孩喊进来，让他坐下吃东西。她给他倒了一杯牛奶，自己喝的是热茶。男孩用刀将蛋卷剖开，检查馅儿里有没有自己不喜欢的东西。没有胡萝卜，他松了一口气。他抬起头来时，有些惊讶地看着于玲。

"你坐了妈妈平时坐的位置。"

"是吗？"于玲说，"快吃，别再把蛋卷弄碎了。"

11

墙上的挂钟指向八点。以往这个时间他们已经快到学校了。于玲站在帐篷外面,喊了宽宽好几遍。

"我发烧了。"男孩探出头,用虚弱的声音说。

"那就试一下温度。"

"预感,这是我的预感,"男孩说,"我预感我会发烧的。"

"我不知道怎么给你的预感请假。我给艾米老师打电话,你自己跟她说。"

"不要!"宽宽干咳了几声,"我嗓子疼,说不出话来。"

"是哪个小狗现在在说话?"

宽宽双手捂住嘴巴，退回到帐篷里。于玲没有再喊他。她发现自己送他去学校的愿望并没有那么迫切。或许是因为，她不知道自己应不应该装作毫不知情。老师很可能也看了新闻，知道宽宽家出事了，而于玲却表现得像什么也没发生似的将孩子送进教室，叮嘱他午饭多吃点蔬菜，把水壶里的水都喝完，这让她看起来很蠢，可能正好跟艾米老师眼中她的形象完全吻合。要是她不想显得那么蠢，就必须接受艾米老师的盘问，讲出自己知道的所有情况。

"天哪，这个世界到底怎么了？"那位从英国回来的年轻姑娘，每次听到有坏事发生，就会圆睁着一双天真的大眼睛摇头，好像世界是她教过的一个不争气的学生。她的失望里带着一种优越感，像是在说："一切都是被你们这种人搞砸的。""你们"到底是谁，于玲也搞不清楚，但她感觉有自己的一份。所以有一回当她听到艾米老师跟一位学生的家长讨论前日丈夫把妻子肋骨打断的新闻时，就在一旁唱反调似的说："太常见了，没什么可大惊小怪的。"当时艾米老师惊讶地望着她，好像她是从什么地方跑出来的怪物。

不过，不管她是不是怪物，于玲相信，只要知道了宽宽现在的情况，艾米老师一定会插手进来。她才过了一天没有女主人的生活，难道又要听凭这位小姐对自己指手画脚、发号施令了吗？

于玲将厨房收拾干净，捧着一杯热水在窗前坐下。周围一片寂静，只有盯着窗外的竹叶看，才仿佛听到了一点风声。有那么一刻，她觉得世界上好像只有她和宽宽两个人了。一开始这种感觉挺不错，但是没过多久，她开始感到不安。她发现她没办法不去想，此刻外面正在发生什么？冬虎下一步打算怎么做？秦文是否被警察抓捕了？宽宽的奶奶醒了没有？她感觉有一种看不见的危险，就像深层的地壳运动一样，似乎正从某个遥远的地方赶来。然而他们对此一无所知。她这样想着，忽然觉得屋子里的安静变得难以忍受。她掏出手机，打开了它。没过两分钟，艾米老师的电话就打进来了。

"哦，可怜的宽宽，希望他能快点好起来。宽宽的妈妈在家吗？她手机关机了，你能不能让她接电话？"

"我不知道她在哪儿。"于玲说。

"那他爸爸呢？"艾米老师的语气不像明知故问。

"也不在家。"于玲认为自己至少没有说谎。

"等宽宽妈妈回来以后,让她给我回个电话好吗？"电话那边停顿了一下,"是这样的,于阿姨,我们学校有规定,必须是父母来给孩子请假才行。以前有过那种情况,阿姨把孩子带出去一整天,父母根本不知道。我不是说你会这么做,不过还是希望你能理解一下。"

挂掉电话,于玲想起自己为什么一开始就不喜欢艾米老师了。开学典礼那天,艾米老师对一个家长说,我自己不打算生小孩,那样会让爱变得自私,我想把所有的爱都给我的学生。啊,虚伪,于玲心想,一个真心喜欢孩子的人绝对不会那么说的。她不愿意为家庭做奉献,就找这样的借口,哪个男人娶了她准会倒霉。过了两个月,去接宽宽的时候,她看到艾米老师的无名指戴上了戒指。银色的戒箍很细,钻石也不大,可是非常亮。

于玲看着手机,冬虎没有联系过她,她很难相信他就这么放弃了,或许是在酝酿一个新的计划。她感到一阵不安,决定再给广西那边打个电话。

宽宽跑进来，拖起墙角的一只绿色雪尼尔布的儿童沙发往外走。于玲喊他的时候，他打着夸张的手语，似乎很为自己仍在保持不说话的纪录而得意。可他的耳朵并没关上，于玲不想让他听到她打电话，就推开门，走到了后院。

第一遍没有人接。她又打了一遍，到了最末尾的那声等待音时，电话被接了起来。还是昨天那个女人，将原本就沙哑的嗓音压得更低了：

"你等一会儿啊，我换个号码打给你。"

于玲握着手机，在凉亭的长椅上坐下。每次来客人的时候，男主人都会带他们到这里走一圈。他对这个从徽州老宅运过来的亭子尤其得意。亭子被放置于假山当中，是整个院子里视野最好的地方，底下是池塘，正前方是院子中央的太湖石，还能望见茶室。透过玻璃窗可以看到一块写着"溪菊"的牌匾，要是炉上在煮茶，就会看到壶嘴冒出的白烟。但要是坐在长凳另一端，看到的就不再是茶室，而是秦文那间阳光房里的画室，几只掩在天鹅绒帷幔中间的画架，换到对面的长凳，看到的景色又不一样，这叫移步换景，你动一点，景就变化一点。

电话还没来。于玲从凉亭上走下来，拉出橡皮管，拧开水龙头，给那棵玉兰树浇水。院子里铺满了石砖，留给它的土地只有很小的一块，浇水总也浇不透，树干一直没变粗，只是不停往高里长，树枝朝里拢着，像一把撑不开的伞，男主人嫌它的造型毫无美感，说要是到夏天还是这样，就把它移走。"再给它一个春天。"

于玲很想告诉他，要是那片草地还在，就不会是这样。她刚到宽宽家的时候，院子里是一片大草坪，除了墙根底下有几棵蔷薇之外，没有再种别的植物。她觉得这片草地大有可为，向秦文提出把它交给自己，她会在上面种上各种花，以后他们再也不用去花卉市场买了。"绣球也能种出来吗？"秦文说，"我要那种蓝色的绣球。"于玲说当然可以。一个下着小雨的早晨，于玲抱着一大包种子从花卉市场回来。绣球有三种，还有两种芍药、两种郁金香。番茄和草莓是卖家送的，据说草莓长出来是白色的。

就在她把种子撒下去一个星期之后，一支训练有素的工程队进驻后院，用了不到一天的工夫，就把整块草坪铲掉了。他们给院子铺上一种从山西祠堂撬下来的石砖。"你去看看，过去大户人家，有哪个院子里是种草的？"男主人说，"每块石砖都有历史，草上有吗？"接下来，施工队又用吊车将几块太湖石放到院子里，其中一块瘦得像骷髅的被立在正中央，因为要"开门见山"。凉亭来自徽州的古宅，松树原本长在京都一家寺庙的门口。开花的树只有一棵玉兰、一棵海棠，因为花多了会显得俗丽，失了古意。院子修整完毕的那天，男主人大摆宴席，并在通向后院的大门上挂上牌匾，上面写着"心远堂"。

很长一段时间，于玲都在因为草坪的事生气。她不喜欢到后院来，觉得这里的石头和亭子都冒着一股寒气。这氛围让她想起电视里后宫的花园。在那里，丫鬟们的结局都不好，要么上吊，要么投井。

手机响了，是一个陌生号码，于玲立刻接起来。

"冬虎呢，他的电话怎么打不通呢？"电话里的人操着浓重的口音，让她一时有点恍惚。随后她才弄清楚，这人是冬虎的室友，名叫大磊。

"那笔买卖出问题了？"大磊压低声音问。见于玲不作声,他又说,"你不用瞒我,面包车是我帮他借的,他这两个月的房租也是我垫的,你们那个事有我一份。"

"那个事黄了,你别再打孩子的主意。"

"什么孩子,不是石头吗?石头出问题了?假的?"

于玲说她不清楚冬虎的事。大磊不信,一口咬定这个买卖就是她牵的头。他说冬虎告诉他,自己在云南的玉矿里赌中了一块玉,要卖给于玲干活的这户人家,但怕路上给人掉了包,必须自己去把它运来。

"你就告诉我,是不是出岔子了?"

于玲没回答,按掉了电话。冬虎是三个月前才搬到东郊那片廉租房的。这个叫大磊的室友他提过一两次,说这家伙上班的地方很远,每次回来都要半夜,影响了自己的睡眠。至于大磊口中所说的石头,确实有一块,冬虎就是为了买它才欠下高利贷,不过那是一年前的事了。

她看着高处的亭子角,目光停在木梁的凹槽上。她看到那里卧着一颗核桃大的黑色圆球,跟书房那个一模一样。现在她相信了冬虎的话,这里一定还有更多摄像头,藏在看不见的地方,把她平时的一举一动都拍下来了。但她立刻想到,既然如此,那么小惠偷东西也被拍下来了。要是有人追查丢失的财物,这些就是证据。是什么的证据呢?证明小惠有罪,还是证明她于玲无罪?她这才意识到,自己一直在担心,这里丢失的财物会算到自己的头上。摄像头能证明她的清白,何况,亭子上的这个摄像头看守着后院,要是有人翻墙进来,马上就会被拍到——冬虎不是说有人正在监视这里吗?于玲看着屋檐上的球形眼睛,有一种被保护着的感觉。

12

"别再打原来的号码了,明白吗?"中午过后,广西那边的女人用陌生的号码打来电话。那个女人说,昨天有人打过那个电话,通知了胡亚飞被带走的事,并让奶奶接管孩子。这让女人怀疑那个号码可能已经被监听,不安全了。于玲没明白,她们讨论的正是接管孩子的问题,有什么需要保密的?但是电话那边的女人没有给她提问的机会,她的声音听起来极其疲惫,她说宽宽的奶奶已经脱离生命危险,但是血管堵塞得很严重,暂时没有醒过来。

"宽宽妈妈没回来是吧。"女人用一种很有把握的口吻说,"她肯定已经躲起来啦。她倒是走运,没准是早就听到了风声。"

于玲问她要躲多久。

"鬼才知道这事什么时候了结!"那个女人厌恶地说,"不过香港也不安全,她应该会想办法从那里去美国。"

于玲说她不可能就这样丢下宽宽。

"我跟你打赌,她不会回来了。"

"那孩子应该谁来管?"

"我们不是不想管,可是我们现在不方便去北京,明白吗?这事还在调查,不知道会变成什么样。你如果确实很想的话,可以把他送到南宁来。"

于玲想问问什么叫她"确实很想的话"。

"你要是把孩子送过来,我们不可能不管。但我们现在不能过去,明白吗?你知道怎么买机票吗?你身上有钱吗?"

对方好像以为她是第一天进城,于玲生气地回答她知道。那边告诉她一个地址,把电话挂了。

她应该尽快把宽宽送到南宁,虽然电话里女人的态度很勉强,但那边毕竟有宽宽的家人。孩子待在这里一天，冬虎就一天不死心。

"我挺想和你好好过的。"她想起昨天冬虎站在门口，手臂垂在身体两侧，看起来很委屈，像个把事情弄砸了的孩子。自从上次放高利贷的人来找过他之后，他就东躲西藏的，经常搬家。

昨天看到铁锹的那一刻，于玲觉得她和冬虎算是完了。可是一觉醒来，她已经原谅他了。而且好像有什么东西，把他们的关系拉得更近了。是清白，她想，他们差点以身犯险，却阴差阳错地保住了清白。清白意味着自由，而自由这种无形之物，在她想到东躲西藏的女主人时变得具体起来。它是那顿太阳底下的野餐，大口吃着肉串，就算以后没有了澳洲和牛，她也可以吃内蒙古的牛肉。她给冬虎打过去电话，想告诉他，自己已经不怪他了，他们应该聊聊接下来的计划。她愿意用她的积蓄，先帮他还上一部分钱。电话那边响起的是关机的提示音。也许他在躲避大磊，她想。不过他留着那辆面包车有什么用呢？过了一会儿她又拨过去，还是关机。

中午她给宽宽做了碗乌冬面，自己也勉强吃了点，之后通过干家务转移注意力。她更换床单，洗自己和宽宽的衣服，然后清洁地毯。在吸尘器作业的间歇，她依稀听到客厅那边传来秦心伟的名字。也许并不是听到了那个名字，只是感觉到播报员在播报那条新闻时的声频，一种下降的语调，对她来说已经熟悉得不能再熟悉。她走过去，果然是那条新闻，宽宽正握着遥控器站在屏幕前，他回头看看于玲，露出迷惑的神情，他指了指屏幕，双手比画了几下，好像在说哑语。于玲让他去干点有意义的事，画一会儿画，或是弹弹琴，否则就把他送到学校去。男孩吐了一下舌头，扔下遥控器跑了。

当于玲再看向屏幕的时候，一个穿灰色西装、白衬衫，系着深蓝色的领带的老年男子出现在电视里。她吓了一跳，以为那是秦心伟，这似乎也很合理，既然他是这件事的主角，记者应该去采访他才对。在她看来，记者无所不能，从外国总统到死刑犯，没有他们采访不到的人。于玲看过一个采访死刑犯的节目，她很惊讶记者问什么，犯人就回答什么，态度谦和，娓娓道来，就像是在讲别人的故事。也许那是一次离开自己的预先演习。于玲绞着手指，紧张地盯着电视里的男人，等着他开始忏悔。陈冬虎说会是终身监禁，她不相信有那么严重，但无论如何，不可能是死刑。

不，那不是秦心伟。他还没开口，她就知道自己弄错了。他们只是穿着很像，发型相似，说话的口吻一样而已。但这个人完全没有忏悔的意思，他神情自信，甚至有点洋洋得意，手中捏着一张演讲稿，两只手臂架在桌上，稳稳地坐着那个座位，一点也没有离开他自己的愿望。

"秦心伟同志的事，我们感到很震惊，很心痛。"那人抬起头来，总结道。

中午过后，她又试了一次，冬虎的电话还是关机。

下午来了两拨访客。先是孙师傅，他经营一个有机菜园，专门给碧湖山庄的业主配送蔬菜和水果。于玲撩开塑料薄膜看了看筐子里的菜，说明天不用再送芝麻菜和羽衣甘蓝了。

"秦姐不吃沙拉了？"

"给我换点西葫芦和油菜。豆芽有吗？"

"没有，那玩意要泡发，客户觉得不够天然。明天我给你拿点草莓，当天摘的，再过几天樱桃也下来了。"临走前孙师傅叮嘱她，记得让女主人续费，储值卡里的钱用完了。

面前这些蔬菜忽然变得弥足珍贵。于玲将它们分装，放进冰箱。加上此前剩下的，大概还够吃一个星期。她又拨了一遍冬虎的电话，仍是关机。她发了一会儿呆，决定给自己泡一杯茶。她拉开柜子最上层的抽屉，五颜六色的茶包整整齐齐地码在里面，像图书馆的借书卡。有时候她会把它们当成幸运签，在心里先想一个颜色，然后闭上眼睛从中抽出一个，如果颜色跟自己想的一样，意味着有好事发生。她经常适当地作弊，只要抽到接近的颜色就算好运。但她今天想的红色，抽的蓝色，实在南辕北辙。正当她捏着那只"仕女伯爵红茶"的袋子，思忖如何将它和红色联系到一起的时候，门铃响了。

于玲打开门，是隔壁蔷薇街的保姆多美和她照看的小姑娘。小姑娘和宽宽年纪相仿，在同一所学校读一年级。多美刚把她从学校接回来。

"艾米老师让我来家里看看。"多美朝里面探了探头。小女孩站在她身前，被她用手推了推，像上了发条的机器娃娃似的，嗖的一下冲进屋子。

"宽宽，宽宽！"

多美顺势往里走，被于玲拦住。

"我让艾米老师别担心，爹妈在不在，咱们都对孩子一个样。"多美爱穿彩色紧身裤，今天那条是深绿的。

"宽宽姥爷的事，我听说了，他爸爸也被带走了，现在就差他妈妈了，她跑不远的。"多美凑到于玲跟前，压低声音说，"你是不是挺高兴的？"

于玲瞪着她，"我为什么高兴？"

"我听小惠说过一耳朵。"多美耸耸肩，"这没什么的，你知道，这个大院里有很多人都恨她。咱们碧湖山庄那个限制遛狗时间的规定，还不是因为她的一句话？什么业主委员会的投票，不都是她一手操作的吗？就因为她，我们家的金毛再也见不到太阳了！听说物业连湖边那块空地种什么树，也要问她。她以为她是谁，碧湖山庄的撒切尔夫人吗？"多美又朝里面望了望，"当然了，孩子是真的怪可怜的。你和小惠有什么打算？"

于玲告诉她，小惠昨天就走了。多美马上明白，小惠一定是拿走了一些东西，并表示这很正常。她说上次有个保姆离开的时候，把主人保险柜里的东西全都卷走了。因为那个保姆太了解女主人，知道她只会把密码设成丈夫和儿子的生日。

"你越在乎什么，什么就成了你的要害。"多美总结道。她端详着于玲，诧异地问："你怎么了？"

于玲像是被什么东西呛到了，眼角迸出泪水，一只手放在胸口用力地拍打着，"没错，你说得对。"

小姑娘从里面跑出来，拉住多美的手，"阿姨，宽宽变哑巴啦。"

13

密码是你跟电脑说话时使用的语言。电脑反正也听不懂,所以没有必要对它说人话。但有些人偏要对它说人话。于玲就是这样的人。她知道设置密码最安全的方式,是让电脑随机生成一个数串,包含着数字、字母和符号。但是每次看到这样的密码时,它们的无序都让于玲感到恐惧,就像置身于不讲理的梦里。她知道她不用记住这串数,但是如果有一天电脑出了问题,她该怎么办呢?她坚持使用自己拟定的密码。

即便自己拟定密码,也不意味着你必须使用生日。很多人使用一些没有意义的数字组合,这样挺好,让事情更单纯,但于玲不是那样的人。就像有人不过生日，因为生日也只是一串随机的数字。一瓶牛奶会庆祝自己的生产日期吗？但于玲也不是那样的人。她把生日看成幸运数字，在偶然的情况下，碰到这个数字是幸运降临的信号。比方说在银行的营业厅排号时拿到的数字是自己出生的日子，预示着来年的收入会增多。当然有时候幸运不会来得那么具体，但无论如何，她把它看作是一则来自神明的消息：老天爷冲她挤了挤眼。

尽管生日很重要，但她很少只用自己的生日做密码。一方面是她觉得这更容易被破译，一方面是既然密码包含着祝福的含义，那么它就应该是一个完整的念想。"祝我幸福"还是缺了点什么，"祝我和某某幸福"才是圆满的。

去年过年，于玲和冬虎都没有回老家。除夕夜她在宽宽家做年夜饭，冬虎要把云南发来的一车鲜花运到西郊的度假酒店。自从他被上一任雇主辞退之后，再也没找过正经的工作，除了赌玉贩石头之外，就在货运平台上接一些散单。他们约好忙完一起守岁。于玲让冬虎到碧湖山庄来，这里有很多人家都会放烟火，是那种大得能占满整个天空的烟火。

过了中午,胡亚飞邀请来一起过除夕的两家人到了,宽宽有了玩伴,于玲开始去厨房干活。冬虎给面包车加满油,载着鲜花上路了。他们每隔一会儿会通个电话,说说自己在干什么。于玲说自己刚杀了一只龙虾,那家伙的身体已经被从中间剖开了,触须还在挥舞。冬虎告诉于玲,自己正在经过一个穿山的隧道,里面的灯光幽绿幽绿的,很吓人。一小时后,于玲告诉冬虎,她炖上了花胶鸡汤,并向他描述花胶长什么样,"有点像那种浇花用的粗橡皮管。"冬虎告诉于玲,他已经到度假酒店,正在等收货的人过来一起卸车。"那儿漂亮吗?"于玲问。冬虎觉得还行,但有点荒凉,好像没有什么住客。"可惜了那些花。"于玲评价道。

于玲开始包饺子的时候,冬虎打过来电话,说他迷路了。车子开到了一条死路上,周围漆黑一片,面包车有一边的车灯也不亮了。"我就是这么倒霉,你看见了吗,这一年都到头了,老天爷也不让我过上一天舒坦日子!"听筒里传来冬虎用力捶打方向盘的声音,喇叭一下下地叫起来。过了一会儿,刺耳的响声停止,听筒里一片安静。于玲一度以为电话断了，直到那边传来一阵很轻的呜咽。她歪头用肩膀夹住手机，听着时断时续的抽泣声，还有一种从喉咙深处发出的悲鸣。他们在一起一年多，于玲从来没有见过冬虎有过那么脆弱的时候。宽宽和几个孩子跑进了餐厅，他们的叫嚷把那个声音盖住了。于玲洗掉手上的面粉，握着手机走到窗前，另一只手撑在窗台上，分担着身体的重量。她受不了男人哭，每次听到男人哭，都感到非常痛苦。好像她能从中听出一种发生在他们身体里的断裂声，有些东西被损坏了，不可逆转。

"好了，好了，"她轻声说，"我答应你，我跟你离开这儿。"

他们都很清楚，她所说的"离开这儿"的意思是什么。在这之前他们经常半开玩笑地讨论那个计划。对她是玩笑，对冬虎不是。冬虎急需还上他欠的高利贷，把那个计划看成救命稻草。或许她没说一定那么执行，但她给了冬虎某种信心，就是有很大把握能从这户人家弄到那笔钱。她这么做当然是为了把冬虎留在自己身边，同时，畅想那个邪恶的计划，能够排解掉她内心的怨气。但是在除夕夜冬虎让人难以忍受的哭泣里,她意识到自己有多残忍。她对他身体里正在发生的、不可逆转的断裂负有责任。

冬虎赶到碧湖山庄的时候,已经接近凌晨两点。他把车停在外面,跟着她走进来。路的两边都是红灯笼,空气中弥漫着硫黄的气味。天空适时地飘下小雪,明亮的雪花消失在松树尖塔状的树冠中。她拉着精疲力尽的冬虎一路小跑,来到宽宽家门口。他们经由车库的后门进入院子,顺着石板小路下到酒窖。

除了不算暖和,那里没有别的缺点。柔和的射灯、暄软的皮质沙发,还有数不尽的酒。他们随便从格子里拿下一瓶打开,于玲去厨房煮了两盘饺子,还带回一瓶半个月前泡的腊八蒜。

升腾的热气濡着冬虎的眼窝,让他的睫毛变得毛茸茸的。"从此我们两个一条心。"他把手中那只水晶杯举得很高,好像它是他刚赢得的奖杯。那晚他们都喝多了,躺在一张羊毛毯上亲热。冬虎的身体又宽又厚,像个暖炉,驱走了他们周围那些湿冷的空气。

初五那天,于玲在另外一家银行开了个账户,并把全部积蓄转了进去。因为冬虎说，等到他们实施计划的时候，胡亚飞有可能会让银行冻结她接收工资的账户。那天从银行出来，她走在冬天干燥而明亮的阳光里，拨通了冬虎的电话，告诉他新卡已经办好。她还忍不住提到，自己把密码设成了两人的生日。这是一句完整的祝福语。

"谁的生日在前面啊？"冬虎问。

多美走后，于玲回到餐厅。桌上放着那个蓝色茶包。现在它看起来蓝得那么确凿。她撕开它，泡了一杯茶。拉出一把椅子，在中岛台边坐下。她拿起手机登录银行，账户显示她还有二百零七元四毛。这次银行没有像以往那样，热心地给她列出一些可供选择的理财项目。页面上空空荡荡的——她乐意拿着这二百零七元四毛干点什么，就干什么吧。

转账发生在昨晚九点五十一分。他们回到这里以后，冬虎拿着她的手机捣鼓了半天，应该就是在做这个。而他让她暂时不要开机，也就避免了她接到银行打来的核实信息的电话。她想了一下，除了自己在这件事里扮演的角色发生了变化之外，冬虎所执行的计划基本和原来一样，拿到钱之后连夜跑路，甚至连跑路的路线，或许都没有变化。先坐长途汽车到武汉，从那里再去云南，他赌玉认识的当地人可以帮他安顿，还可以把他送到缅甸。他向于玲保证，只要他们到了云南，后面的事就不用操心了。所以于玲对于他们去了云南要找谁，具体是去哪里，一概不知。冬虎提到过大理，也提到过瑞丽，她以为瑞丽是大理的一部分，现在她搜索地图，才发现它们离得很远。

　　她盯着那张地图，好像在等着某个地名凸显出来，告诉她冬虎现在到哪里了。过了一会儿，她发觉自己好像没有那么想知道他的行踪了，就关掉了网页。昨天她还是罪犯的同谋，今天就变成了受害者。冬虎挥舞着的拳头，谁也没打到，最后抡到了她的脸上。可她忽然觉得这样挺好，她不是本来就打算用上自己的那笔钱了吗？她心里已经形成了一个对冬虎的承诺，只是没有来得及付诸行动而已。现在那笔钱平了冬虎的麻烦，事情得到了了结。如果她一开始就愿意拿出它，也许就不会有这次"春游"。但当时她认定那笔钱只有一个用途：在她结婚时盖一座房子。她太执着于结婚的事，甚至把它看得比宽宽的安危更重要。她想起冬虎放在后备厢的麻绳和乙醚。铁锹戗在泥土上的声音，在她的耳边响起。与那个可怕的后果相比，失去这些年的一点存款也就算不了什么了。她把它当作一种必要的牺牲，一种不良欲望的纠正。而现在，她也终于能清晰地看到那个先前不愿承认的事实，她和冬虎结婚是不会幸福的，他只会把她带入巨大的危险之中。可她还是很怀念他敦实的身体，用那两只健壮的手臂将她揽在怀里，看起来就像一座永远不会散架的房子。

　　于玲捧着杯子，提拉了几下茶袋上的线绳，让它释放出最后一点滋味。然后她将它拎起，扔进了垃圾桶。现在她应该给那最后的二百零七元四毛寻找一个新的密码了。

14

男孩又睡在了帐篷里。于玲下楼去的时候,他已经醒了,坐在帐篷门口,把秦文那些时尚杂志一页页撕下来,折成飞机。折好的飞机一个挨一个排成队,像是准备参加军事演习。

"你打算继续不说话吗?"于玲走进了厨房。

男孩跟过去,小心翼翼地问:"今天去学校吗?"

"不去,你待在家里,我出去办点事。"

男孩眨眨眼睛,"我想吃荣记的点心。"

"不顺路。"

"小董叔叔呢?"

"休假了。"

"小惠阿姨呢?"

"她家里有事。"

"别骗我,我知道是怎么回事,"男孩说,"他们肯定是趁我爸妈不在,都跑出去玩啦。"

于玲蹲下来看着他,"你也想出去玩吗?到一个有山有水的地方,每天都能出门春游。"

宽宽没有抬头,他正忙着做一架新的飞机,用指甲反复在折痕上划压。于玲跟他说了去南宁的事。她告诉他奶奶病了,爸爸出差一时还回不来,希望他先去看望一下奶奶。这听起来有点荒唐,他们有两年没见过面了,宽宽对奶奶的稀薄记忆像是一个什么也挂不住的挂钩。

"每天都能春游?行啊,你去我就去。"宽宽把折好的飞机翻过来,举在手中,"看,妈妈号飞机!"

那是一只两翼宽阔的飞机,但头部很尖,像仙鹤的嘴。在它的一只机翼上印着秦文的半张脸,黑色齐刘海,高颧骨,那双眼睛比平时更大更有神,于玲见过这张照片,它刊登在一本家居杂志上,那个名为"女收藏家"的专题,采访了包括秦文在内的几位女性,展示她们的家，介绍她们的藏品。摄影师来家里拍照那天，秦文为了该穿哪件衣服而伤脑筋。最终她穿了一件宽大的灰蓝衬衫，面料是经过特殊处理的棉布，上面布满细小的皱褶，头发全都梳起，在脑后挽成一个发髻。"我还是应该展现出我作为艺术家的那一面。"等杂志出来了，她大发雷霆，说摄影师把自己拍得像个纺织女工。

男孩拿着"妈妈号"退后几步，做了一个投掷动作，飞机在空中勉强打了个转，垂直栽向地板。男孩很小心地捡起那只飞机，他重新调整尾翼，通过多折叠几下的方式，增加后部的重量。然后他把它托在掌心，调整着不大对称的翅膀。

"你想你妈妈了？"于玲听到自己用严厉的语调说。

"没有！"男孩拉开门，拿着飞机跑到院子里去了。

吃过早饭以后，于玲去别墅门口找门卫小鲁，请他帮忙联系收二手家电的人。那人半小时后就来了，于玲让他搬走了一台闲置的电视机。其实没用过几次，后来有人送来型号更新的，它就进了地下室。收家电的人看她着急出手，把价格压得很低，她稍后查了机票的价格，才发现根本不够。而且电话那边的广西女人的顾虑并不是没有道理，她虽然坐过飞机，但每次都是男主人的助理订好的。她自己从未买过票。当然学起来也不麻烦，不过她一想到过安检就很紧张，他们检查你包里的每一样东西，还在你的身上上上下下地摸索。她总担心他们会在她包里找到不该带的东西，然后将她扣住。

于玲买了两张火车票，傍晚出发，要坐一整天。她整理好行李箱，自己只带了两件换洗衣服，其他都是宽宽的东西。宽宽提出要带鹅一起去，她告诉他，鹅没办法带上火车。宽宽不答应，让她想办法。她花了很大力气才说服他把鹅留下。它在这里很安全，也很快活。

宽宽最关心的事，是他们走后鹅能否自由地进出房子。他希望它能随时回到"天鹅旅馆"里休息，尽管迄今为止，它还未下榻过这幢为它而建的建筑。最终，于玲想到了那扇通向后院的小门。当年建造碧湖山庄的开发商，有意强调这座社区"宠物友好"的理念，在每幢别墅上都留了一个宠物专用门。他们这幢房子的那个门,在一楼走廊尽头的墙角,宠物可以经此通道自由出入。然而男主人不喜欢宠物,觉得这个洞极其丑陋。他让工人把里面塞满砖头,又在外面用漆成白色的木板封住,不走近了根本看不出来。于玲撬掉木板,把里面的砖头掏出来,现在鹅可以自由地从洞里通过了,要是它懂得略微低下那颗高昂的头的话。但于玲很清楚,这根本不是重点,最应该解决的问题是如何让鹅离开后院,跑到外面去,否则他们离开后,一旦准备的菜叶吃完,它就只能在这里等死了。所以于玲又悄悄打开从院子通向外面的门,那是运大件东西时才会用的。她只留了一条细缝,但如果鹅足够聪明,等到食物吃完,它就应该从这里出去,自己到外面闯荡。

临走前,男孩追着鹅道别:"喂喂,没有朋友也没关系,你可以和自己玩。"

他们提前三小时出发,先步行到公车站,坐942路到最近的地铁站,搭乘15号线坐三站,然后再转14号线,坐十七站。现在于玲更充分地意识到,住在碧湖山庄,没有车简直寸步难行。平时外出都靠小董接送,那台黑色商务车敦实、宽敞、隔音出色。小董开车很稳。她和宽宽在里面玩牌，吃甜点，看电影，时间从来不是她需要操心的问题，她感觉去哪里都很快，一转眼的工夫就到了。车窗上是长方形的，暗茶色玻璃像块电子屏幕，她通过它看着外面，看着远处的外卖员像一群飞虫似的，在等红灯时填满车辆之间的缝隙。他们单脚撑在地上，焦躁不安地按下免提键，像用对讲机那样把手机放在嘴边，与此同时用眼睛的余光寻找着空间，一点点往前移动。矫捷如他们，总是能在红灯结束前，挪动到车流的最前面，同时卡住身位，等到灯一变色，就踩上脚蹬朝前飞奔，将汽车甩在后面。但是只要路足够长，汽车终归会再把他们超过去。当他们的商务车将一辆萦绕在前方的摩托车超过去时，于玲就会感到一阵快意。

在认识她之前，冬虎也干过外卖员。现在她倒是宁可认识当外卖员的冬虎，在她的想象中，那份工作具有某种被忽视的单纯——外卖员在每一个具体的时刻，只竭尽全力奔赴自己眼下要送的这一单，车流中人们的喜怒哀乐与他们无关，不必关心那些被他们超过去又超过他们的黑色商务车里，正在进行怎样的交易。有一天冬虎注意到了它们，黑色烤漆在太阳底下显得流光溢彩，引擎一声嗡鸣，汽车嗖的一下从他面前消失了，却在他心里留下两道挠痕。于是冬虎去考了驾照，当上了司机。从此，他一头扎进了另一个世界的生活。

宽宽从没坐过地铁，当列车呼啸着从一个喉咙口般的黑洞里钻出来时，他兴奋地跳起来。换乘的时候，他们走错了方向，一不小心出了地铁站，来到一个连通的商场。于玲不得不回到地面上，确认自己所在的位置。

"我们来过这里！"宽宽叫起来。

于玲一抬头，看到一幢外墙被漆成枫叶红的建筑，房顶是锥形的，上面有个金色的长尖，看起来像一支巨大的铅笔。正是那座儿童剧院没有错。

他们每个月总要来一两次，通常是周末，有时下午，有时晚上。可能是秦文跟什么人说宽宽爱看儿童剧，那人就总是送票来。票装在白色信封里，这样的信封每个月都有一沓，于玲会从中挑选一两个，这是她喜欢的工作。但有时秦文会插一脚，非要他们去看某个戏。他们就是这样去看了儿童版的《李尔王》——孩子为什么要去关心一个坏脾气的老头的故事呢？宽宽没看到一半就闹着要出来，于玲当然也没看到那个可怜的考狄莉娅的结局。不会好的，她知道，这种像她一样笨嘴笨舌的女人。

现在他们站在剧院门口。于玲能够清晰无误地描述出走进大门之后，剧院每个角落的陈设。而且她还记得，检票的男人长着一双招风耳，他一言不发地接过人们递上来的票，双手捏住两端轻轻一抻，将它沿着锯齿状的缝隙裂开。如果有人问他自己的座位怎么走，他会不假思索地给出指示，好像脑袋里装着一张座位图。座位在哪个区域，是由票价来决定的。从三百八十元到一千二百八十元，于玲一开始为如此大的差别而感到惊讶。不就是看个戏吗，坐在一个房子里，呼吸一样的空气，如果发生地震，会被压在同样的瓦砾之下。但是后来经过留心观察，她承认观赏的体验大为不同。三百八十元的位置在这个半圆形场地的两端，隔着一条细窄的过道，前面就是舞台的尽头，坐在那里，也许会看到准备上场的演员站在帷幕边戴头套或提裤子，就好像能看到现实和梦的分界线，所以没办法入戏太深，况且台上的演员总是拿屁股对着你，让你感觉被他们甩在了身后。而这些演员的脸，永远冲着正中间的人，对着一千二百八十元的席位流泪和祈祷。她想，人们总说穷人爱做梦，这话不太对，做梦是富人的权利，这个世界用各种方式呵护着富人的梦。

每次她和宽宽的位置都在一楼的正中间，其他观众以一种完美对称的方式环绕在四周。在那两个小时里，于玲觉得自己备受重视，是这里最尊贵的客人。她因此拥有了一种归属感，由衷地希望这座剧院永远都是最受欢迎的。所以当她意识到，剧院正在走下坡路，观众变得越来越少的时候，比谁都心痛。她认为自己有责任去挽救它，于是写了一封信，把她认为的一些急需改进的地方逐一罗列，比如冷气太冷，椅背上有脚印，应该在黑暗里发光的排号灯不亮了。在某天看完戏之后，她把那封信塞进了售票处旁边的"意见箱"。她曾看到过他们打开它，但可能要隔上一段时间，没有那么快。

现在他们站在剧院门口，但是手上没有票。她想到以后可能再也不会来这里看戏了，即便她仍旧待在北京，也不会再在这里消磨整个下午了。她也永远不会知道，她的那些意见有没有被采纳了。

他们找到了方向，在路的尽头钻入隧道，重新回到地铁站。她还记得，在她刚来北京的那一年，这座城市的地铁票只卖两元，无论你坐多少站，如何在那些地下隧道里来回穿梭，反正当你沿着台阶走到地面上的时候，你的卡里只是比先前少了两块钱。她认为这很合理，因为无论路途多么曲折，目的地只有一个，人们是为那个目的地买单的。这样，你不用担心坐错车，你初来乍到，迷路不是你的错，你只需要重新找到方向，朝着那个目的地出发，一切都包含在那两块钱里。当时于玲觉得，两元的地铁票是这座偌大的城市对她的一份善意。那样的好时候已经一去不返，到北京的第三年，这座城市的地铁改为按里程计费，言下之意，你得为你自己走的每一步负责。根据宽宽给她做的翻译，广播里的那句"Watch Your Step"，大概就是这个意思。

15

他们没有再迷路,到火车站时时间还很早,足够他们去吃一顿简单的晚饭。在麦当劳于玲点了牛肉汉堡、炸鸡和薯条。大口咀嚼这些平时不允许吃的垃圾食品,给男孩带来了巨大的欢乐。

他从纸包里抽出一根薯条,夹在手指之间,模仿抽烟的动作。然后他把薯条塞进于玲的嘴里。

"你自己吃吧。"于玲说。可是宽宽又拿起一根塞进她的嘴里,接着再是一根。他面无表情地重复这个动作,像在模仿机器人,于玲将胳膊伸过去咯吱他,他竭力屏住,最后还是笑了出来。

"投降吗?"于玲问。男孩笑得停不下来,举手表示休战。

"你儿子真活泼。"隔壁桌一个戴着白色毛线帽的女人说，她看到于玲的表情异样，连忙补充道，"活泼好，活泼的男孩聪明。"

"他很讨厌。"于玲向对方抱怨道。这几年她经常独自带宽宽出门，从来没有人把宽宽当成过她的孩子。可能因为宽宽一看就是富家小孩，要么就是她一看就像保姆。今天怎么不一样了？

"我们去几天？"宽宽问，"要是我不喜欢，能马上回来吗？"

"你会喜欢的。"

"你说天鹅进屋了吗？"

"不用担心，它很机灵。"

他们返回候车大厅，来到离检票口最近的休息区。于玲好不容易才找到一个空座位，她坐下来，让宽宽坐在她的腿上。周围人挤人，有人蹭着宽宽的脑袋，从中间穿行过去。宽宽显得很烦躁，他们左边有个男人接电话时，还打开了扬声器，好像在和那边的人比赛谁的嗓门更大。宽宽扭过头看了他两回，但他毫无察觉。等他终于把电话挂断，抬起头来时，宽宽冲着他说了一句："蠢猪！"

男人瞪着宽宽，于玲连忙向男人赔不是，同时迅速拉起宽宽的手走了。等他们走得看不见那个人了，于玲严厉地训斥了男孩，告诉他在外面不能这样说话，否则要挨打。

"外面？"男孩咕哝了一句，没有再说话。

他们在车站偏僻的一角站了一会儿，直到快要检票了，于玲带男孩去上厕所。她洗了把脸，站在外面等他。过了一会儿，宽宽还是没有出来。她喊住一个男人，让他帮她进去看看。男人告诉她，里面没有小孩。她担心是邻座的男人报复，跑到先前坐的地方，那里早已换了人。她又奔到检票口。所有的乘客都进站了，只有两个检票员还站在原地。她问有没有把一个小孩放进去，她们回答没有。于玲跑遍了全部检票口，又去了麦当劳，然后来到广播站。宽宽的名字响彻候车大厅。

"胡亦宽小朋友，请你听到广播后前往二楼广播站，您的家人在这里等你。"

她只是说她不是孩子的母亲,他们没再问她的意见,就使用了"家人"这个词,笼统,但又带着一股暖意。现在这暖意让她感到痛苦。广播站的女人用同情的目光看着她。

"别着急。我儿子小时候有一次也差点走丢了。"

她把每个出口都跑了一遍,又到连通火车站的地铁站,问那里售票员有没有看到过一个七岁的男孩。全都没有。最后,她从广播站取回行李箱,拖着它走出了候车大厅。

车站外的塔楼上的大钟指向九点。她仰头看了好一会儿,才辨认出指针的位置。她的眼睛发花,感到一阵阵晕眩。她想走到过街天桥上,因为高处的视野会更好,但她的脚好像不听使唤,没有带着她拐弯。她继续向前走了一会儿,站到了等出租车的队伍里。

"去派出所。"上车后她对司机说。

"哪个派出所?"

"最近的。"

司机说火车站里面就有。可她好像没听见,坐在车上不肯下来。十分钟后,司机把她扔在了几条马路之外的一个派出所门口。金色国徽在夜晚看起来有点暗淡，但"公安"二字却白得刺眼。她进去跟他们说什么呢？说她，一个保姆，把孩子弄丢了？他们会允许她离开，还是把她扣在那里？也许他们会把她扣在那里，直到将整件事调查清楚。整件事？也包括她和冬虎带孩子去"春游"吗？他们会不会认为，是冬虎把孩子带走了？不，不是，她说起自己的那笔钱，然后就得解释为什么她没有报警。他们该如何相信她呢？也许只有把冬虎找来对质才行，在那之前，她都得待在里面了。她打了个哆嗦，转身向前走去。

她走得很快，但始终没有跑起来，因为那样反而引人注意。她意识到，就算不去派出所，警察迟早也会来找她。孩子失踪了，她脱不了干系。她望着远处火车站的钟楼，觉得自己应该马上离开北京。

她拨通了她母亲的电话。对方的声音被一阵婴儿的啼哭盖住了。她从马路沿上坐下，等着母亲哄好孩子。母亲在电话那边用各种乱七八糟的名字呼唤那孩子，宝宝、宝贝、小萝卜、小南瓜、小肉包、小粽子……好像一串催眠的咒语，最后也不知道是哪个起了作用，孩子逐渐安静下来。

这是弟弟的第二个孩子,一个众望所归的男孩。他出生后,母亲将她和父亲的房子卖了,把钱全都给弟弟,让他在县城买了现在这套新房。母亲也搬进来,和弟媳一起照顾孩子。当于玲提出自己想回去看她时,她马上说家里可能住不下,而且弟媳最近因为总是堵奶,脾气特别大。

孩子猛然惊醒,又哭了起来。

"你应该给他买个安抚奶嘴。"于玲说。

"不行,塑料的东西都有毒。"她母亲说,"这才几月你就要回家?怎么啦,他们还是揪着你那个事?"

"没有。我累了,想歇一歇。"

"早跟你说了,得学会偷懒。别让那孩子闲着,把他遛累了,早点睡下,时间就都是你的了。"

"我不想再看孩子了。"

"你还能干什么?是不是你那个狱友又来找你了?"

"谁?"

"那个瘦猴儿,带你抽烟的那个。她不是总来找你,要拉你推销保健药吗?"

"那是多久以前的事了？我们早就没联系了。"

"她卖的药有毒，吃了会死人！"

于玲感觉到母亲对自己的了解，好像停在了过去的某个时间。大概是从她坐牢的那个时间起，母亲就习惯了凡事都不再指望她，并转而将全部希望寄托在她弟弟的身上。有时母亲从弟弟或弟媳那里受了委屈，就会打电话向于玲哭诉。可是只要于玲说弟弟半句不是，母亲马上袒护起他来。

"你不知道你爸走前那段时间你弟弟和我过得有多难。"母亲总会说，好像这句话足以解释一切。

挂掉电话，于玲从地上站起来。甘肃回不了，她当然也可以去别的地方。随便什么地方，在陌生的城市下车，走出车站，汇入熙攘的人群之中。每次她离开一个地方，就跟那里的人全部切断了联系。因为她不可能再回去了。宽宽到底跑哪儿了？也许他是被人贩子拐走了，现在正等着她去救他。她已经让他陷入过危险的境地了，怎么能再把他抛下不管呢？但也有可能他只是走丢了，要是这样，没准好心人会把他送回家。她决定先回碧湖山庄，明天一早如果还是没有消息,她就鼓起勇气去报警。

她坐出租车回到别墅,在门口下车,拖着行李箱往里走。门卫小鲁叫住了她,问她怎么让孩子一个人打车回来。她先是一愣,然后拉着箱子就往家跑。小鲁在后面喊,说车费还是他垫的,让她记得还给他。她在夜色里一路急奔,来到大房子前,深吸两口气,打开了门。里面灯火通明,所有的灯都打开了。她走到帐篷跟前,男孩蜷缩着躺在里面,已经睡着了。

她把他拽起来,"你怎么能这么干呢?"

男孩怔怔地望着她,一头钻进她的怀里,"外面让我害怕。我就想待在这里,哪儿都不去。"

她感觉到男孩的心跳,在离她心脏很近的地方。这曾是她很熟悉的声音。那些挤在她的单人床上的夜晚,她在黑暗中听到他的心跳。然后只要再等一会儿,她就会听到自己的心跳。像是一种回答。

16

说起是如何回家的,宽宽显得很轻松。跟着人流一直走,就来到了等出租车的地方。上了车,告诉司机地址,说他要回家,他的家人会在那边付钱。至于如何进家门,那可难不倒他,他早就熟背了密码。

"你是不是觉得自己挺聪明?"于玲说,"要是我没回来,你怎么办?"

"你会回来的。"

"为什么?"

"他们都走了,你得留下看家。"

"我不用,"她看着男孩,"宽宽,这里不是我的家。"

宽宽坐直身体,挥舞双臂,在空中画了一个圆,"我说的是这里啊,天鹅旅馆不就是咱们的家吗,你忘啦?"

那天晚上,于玲也睡在了帐篷里。天气很暖和,他们打开了窗户,空气里飘荡着叶子的气味。半夜于玲醒来,外面风声大作,她感觉大房子消失了,他们好像躺在旷野的空地上,只有这只帐篷。

第二天早上,男孩一睁眼就跟她说,自己不去南宁,就算把他送过去,他也会再跑。于玲又拨了广西的电话,告诉对方孩子不肯过去,希望那边还是找个人来北京照顾孩子。

"我们去不了北京,你怎么就不明白呢?我们哪都去不了!"女人变得很激动,"这该死的调查!它一天不结束,我们就一天不得安生!"她哭起来。那声音比她的嗓音要高亢很多,好像忽然从梦里惊醒了一样,但哭声很快消失,应该是搁下了手机,等到她再回来的时候,她的声音已经恢复了平静。

"孩子你先照顾着,等风声没那么紧了再说。"

挂电话前,于玲终于问出一直想问的问题,对方是谁,是宽宽的姑姑吗,还是婶婶。

"我什么也不是。"那边回答,挂断了电话。

下午，于玲把屋子打扫了一遍，扔掉了花瓶里萎蔫的百合，给宽宽换上新床单。隔着二楼的窗户，她看到宽宽正在院子里赶鹅，想训练它从那条特意给它准备的通道里进出。在他们不在的时间里，鹅好像没进行什么探索，既没进屋，也没出院子，当然也可能是给它留下的食物还没吃完。男孩有了一个计划，他用竹竿，将一片片白菜叶推入小隧道，鹅要是想吃，就必须钻进去，走一段吃一个，不知不觉就从另一头出来了。但问题是鹅并不是很饿，它吃了点洞口的菜叶，转身就走了。男孩继续在后面追它。

于玲不再管他，继续干完手中的活。她出了一身汗，决定冲个澡，发现沐浴液用完了，就去女主人的浴室取。隔架上摆满了彩色瓶子，她逐个拿到鼻子底下闻一闻。有的香味极其浓郁，令人晕眩。几分钟后，她发现自己正在给那只有按摩功能的圆形浴缸放水。水满了，她坐了进去。浴缸壁冰凉，光滑，像女人的皮肤，她将背贴在上面的时候觉得有点不好意思。她挨个按了一遍那些调节按钮，水柱一会儿从背后冒出来，一会儿从脚底钻出来。她在几种沐浴液之间举棋不定,不知道哪种是能变出很多泡泡的,最终她都倒了一点,撩了半天水,才勉强弄出一层薄薄的泡沫。她沉下去,把头靠在浴缸边,就像秦文从前躺在里面的样子。

秦文此刻躲在什么地方?香港不也是中国的地盘吗,所有需要证件的地方,她一概不能去。于玲马上想到了西贡的渔村,她曾跟宽宽一家去那里吃海鲜。那些飘着鱼腥的档口,卷帘门前湿漉漉的地面。她想象在那些低矮的平房里的某一间里,没有窗户,光线昏暗,秦文坐在单人床的床沿上发呆。

你是不是挺高兴的?多美的声音在她耳边响起。她不喜欢这种说法,好像她一门心思盼着秦文倒霉。她并没有希望她出事,尽管她也算是企图绑架过她的孩子,但这是两码事。她把自己的行为看作是一次必要的回击,让秦文明白,自己没有那么好欺负。况且在她的计划里,孩子最终安然无恙,秦文损失的不过是一点钱财罢了。很多人都挺恨她的,多美说,好像恨她是一件正义的事,可以放心去做。然而她并不恨秦文。确切地说,她只是对她感到失望。

那件事发生在去年八月。当时他们全家人在计划圣诞节去美国度假，秦文忽然问于玲想不想一起去。她当时没有多想，只是觉得宽宽需要她，有自己陪着他，他会更安心，就答应下来。可是签证官却拒绝了她。后来她经常回忆起在美国大使馆的那个下午，坐在窗口里面的金发男人不露声色地打量着她。或许他把对她的嫌弃全都藏进了自己的那团络腮胡子里，以至于她竟然产生了对方对她很友善的错觉。没过几天，她就收到了拒签信。用小惠的话说，人家像挑烂苹果一样，把你挑了出来。

从那以后，这家的气氛变了。宽宽一家去美国的时候，秦文没有让她来看管这幢房子，而是将这份职责交给了小惠。男主人找来修缮房屋的工程队，也都听小惠的差遣。出门两个多星期，宽宽一个电话也没有给她打，连他们更改回程的日期，都没有通知她，还是小惠告诉她的。这些已经足够让小惠感到扬眉吐气。

宽宽一家从美国回来后不久，有一天深夜小惠敲开了她的房门。

"姐，听说你以前蹲过号子？"小惠的眼睛里闪着光,"犯的是什么事啊?"

于玲走过去给了她一个耳光,"我杀过人,你满意吗?"她拉开门,"出去。"

第二天早晨,小惠惴惴不安地等在她的房间门口,见到她就向她解释,自己是听秦文打电话时说的。秦文好像在派人调查她。那天下午,于玲接到母亲的电话。母亲说一个乡长介绍的人来找过她,问了一些家里的情况。

"我把真实的情况都告诉他了。"母亲低声说。

当晚,于玲向秦文提出了辞职。她没说理由,只说不想再看孩子,以后打算仅做钟点工。秦文坐在画室里的红色丝绒沙发上,翻看着膝头的拍卖图录,等于玲讲完才抬起头来。

"那是很久以前的事了,你不想再提,我能理解,但是你毕竟对我们隐瞒了一些重要的信息,这样做是不对的,我希望你能认识到这一点。"

"对不起。我没有恶意。"于玲感觉心中涌起一股冲动,脱口而出,"那件事不是我干的,你相信吗?"

"他们这么判你,肯定有他们的道理。"

于玲点点头,从口袋里掏出一张门禁卡放在桌上,转身要走。

秦文叫住了她,"你以为你回到家政公司,就能找到别的活吗?他们知道你有案底,还会用你吗?换一家公司恐怕也是一样的。"她盯着于玲的眼睛,脸上带着一丝笑意,"现在只有我能收留你,明白吗?我没说要辞退你,你就应该继续好好干。"

当晚,于玲重新回到她的小房间。她躺在床上,听着门外走廊里的脚步声,感觉一切都变得不一样了。她一直相信,是她选择了来这户人家,是她选择了把爱给宽宽,她对这份工作之所以充满热情,是因为她相信这是她自己的选择。可是现在,她发现自己是一个走投无路、被收留的人,而且她应该对此怀有感恩之心,心甘情愿地为主人效劳,直到有一天他们不再需要她,她才可以从这里离开,像一台报废的机器。在起先的几天里,她感到很难过,当她盯着宽宽的脸看时,觉得他的模样相当怪异,好像看到秦文的眼神从那张天真无邪的脸孔之下悄悄显露出来。随后,那种悲伤转变成了一种愤怒,宽宽随便开的一个玩笑,都会把她惹恼。就在这时，冬虎又一次严肃地提出了那个计划。

门砰的一下被推开，是宽宽。于玲连忙滑进浴缸。

"快出去！"她冲宽宽喊。他看到她躺在他妈妈的浴缸里，这让她觉得很羞愧。

"刚有个人给你打电话，我让他过会儿再打。"

"你接起来了？"

"我跟他聊了一会儿。"宽宽耸耸肩，走了出去。

来电的是大磊。他本想从宽宽那里套出冬虎的下落，谁知宽宽很快发现了他的目的，并用相当成熟的口吻问他要钱，说只要给他五千元，就告诉他冬虎在哪里。稍后大磊又打来电话，他告诉于玲眼下他已经不想继续追寻冬虎的行踪，只想快点了结他带来的麻烦。

"我和借我面包车的人谈了，他现在让我赔三万。"大磊说，"你是冬虎的女朋友，你得帮我分担一点。"

"你为什么会帮陈冬虎借面包车？"于玲训斥道，"难道不是因为你起了贪念，以为自己也能赚上一笔吗？现在发现买卖亏了，又不认账了？"

"你别急啊，我没有不认。我就是问你一声，看咱俩能不能凑一凑。"

"没问题,我把我卡上的钱都给你。"于玲笑了起来。

她将自己的积蓄都被划走的遭遇讲给了大磊,但是当然,春游的事一字没提,所以在对方眼中,她大概是个甘愿受骗的痴心姑娘。末了,大磊在那边轻轻责备道:"你们女人总是会被男人的外表迷惑。像他这种人,一看就知道靠不住。"大磊沉吟了一下,问于玲现在是不是在经济上很困难,需不需要他先借给她一点钱。这突如其来的善意让于玲感到惊讶,她忽然觉得自己也像个骗子,就把电话挂了。

17

宽宽之前的预感应验了,他发烧了。可能是去火车站的那天太累,又或是睡在帐篷里着了凉,但无论如何,这都是她的疏忽,此前她保持着整整两年没让男孩生病的记录。

于玲给男孩吃了退烧药,但温度没有降下来。男孩不停地翻身,短暂地睡着又醒来。他说他梦见了白猫,就是他们在树林里看到过的那只。然后他承认自己已经梦见过它两次。在梦里好多虫子在吃它的眼睛,但这并不是最让它痛苦的,它跟宽宽说盖在身上的土太沉了,想翻个身都不行。于玲告诉他,等白猫睡着了,就感觉不到沉了。男孩问,如果它一直睡不着呢?

有没有可能它在地底下一直睁着眼睛。于玲说它会睡着的,它需要好好休息。

"你只要记住,它没有恶意,你不用害怕它。"于玲说。

"是的,我不害怕它。"

男孩把头抵在于玲的胸口,捏着她的耳垂睡了过去。

一小时后,他又醒了。

"我外公开完会了吗?"他看着于玲。

于玲回答还没有。她想了想又说,自己也不是很清楚,或许他已经开完,回云南去了。

男孩摇了摇头,"他一定会来看我的。他说他到北京开会,主要是为了来看我。"

男孩翻了个身,仰脸朝上看着天花板。"我妈妈知道我生病了吗?"

于玲说知道。

"我爸爸呢?"男孩问,"为什么他们不给我打电话?"

于玲说他们还有些事没有忙完。男孩没有再说话。

"你怎么能在电话里问别人要钱呢？谁教你的？"过了一会儿，于玲打破了沉默。

"我要买那些天鹅。"男孩用虚弱的声音说。随后他好像睡着了，呼吸变得深长，但仍旧蹙着眉。

于玲又给男孩测了一次温度，三十九度八。她决定下楼拿些冰块给他降温。

冰块冻得很结实，于玲站在水池边用力磕打冰盒。这声音完全遮盖了门铃的响声，等她停下来的时候，它已经响了很久。接踵而来的阵阵鸣响，证明门外的访客已经失去了耐心。

于玲打开门。一个穿着花裙子的女人站在外面，脸上抹着很厚的粉，艳丽的口红漫出唇线，盖住了半个人中。她的身高约莫有一米八，完全把于玲笼罩在她的影子里。

"我还以为家里没人呢。"女巨人用长而结实的手臂把于玲拨开，迈着大步走进客厅。

她将自己安置在沙发正中央的位置，座位的高度对她来说有点低，她很自然地将双腿岔开，看到于玲正望着自己，她把裙摆向下拉了拉，一本正经地清了清嗓子,"胡亚飞是住在这里吧?"

于玲说他不在家。

"我知道,他被带走了。"她上下打量了于玲,"你是那个负责带孩子的保姆吧。孩子呢?"

"睡了。"

"给我倒杯水吧,晚上我吃的那个火锅太辣了。"她做了扇风的动作,好像这样能给她的喉咙降温。

"你是哪一位?"于玲问。

"我呀,"女人眨了一下眼睛,"我叫黄小敏,是胡亚飞的女朋友。"她见于玲一脸疑惑,耸了耸肩,"这有什么可大惊小怪的?"

她站起来,四处走动,最后停在客厅正中,抬头望着从二楼悬挂下来的水晶吊灯,"我从小就怕吊灯碰到头,房子都应该盖这么高,你说是吧?"

于玲去厨房倒水,黄小敏跟到了门口,"那是冰块吗,给我放几个吧。"她站在那里,不知道是因为烦躁还是无聊,跳起来伸手够了两下头顶上的门框。于玲将冰水递给她,她仰起头咕咚咕咚喝下,宽阔的鼻翼一颤一颤的样子,让于玲想到了马。

"你来这里有什么事吗？"于玲问，"孩子发烧了，我得去照顾他。"

黄小敏放下杯子，"宽宽病了？他在哪里？"她迈开大步跑上楼。于玲拿着冰袋和脸盆走进去的时候，她正把什么东西塞进男孩的嘴里。于玲跑过去捧住男孩的脸。

"你给他吃什么呢？"

"薄荷糖。"

"宽宽，吐出来。"

男孩醒了，抿了抿嘴唇说："挺甜的。"

"是吧，"黄小敏说，"能降火，我从火锅店拿的。"

于玲瞪了她一眼，把宽宽扶起来，解开睡衣的扣子，拿湿毛巾擦他的后背。黄小敏拉过一把椅子坐下，凑到男孩跟前，"我是你爸爸的女朋友，常听他提起你，他说你钢琴弹得很好。"

男孩有点虚弱地说："我讨厌练琴。"

黄小敏说："我也讨厌的，小时候我妈每天逼着我练，后来我把琴扔马桶里了。"

"哇，"男孩惊呼了一声，"怎么扔进去的？"

黄小敏抬起手，漫不经心地看着粗壮的手指，"哦，那是个电子琴，但也是名牌啊，雅马哈。"

"你能让开一点吗？"于玲扭过头说。

黄小敏往后挪了挪椅子，"前些日子你爸爸去香港，是不是给你买了个遥控飞机，那是我挑的。"

"我妈不让我玩，怕砸坏了她的花瓶。"宽宽抬起胳膊，让于玲去擦胳肢窝。

黄小敏叹了口气，"不就是个花瓶吗？"

宽宽问于玲："飞机在哪里呢？"于玲把男孩摁下去，拿起冰袋放在他的额头上。她让他快睡觉，等病好了才可以玩。

黄小敏捏了捏他的手心，"睡吧，可怜的小家伙。"男孩翻腾了几下，哼哼着闭上了眼睛。

黄小敏跟着于玲走进厨房，看着她洗了一把米丢进锅里。

"你还没吃晚饭？多放把米，我也想喝碗粥。"她打开冰箱门，把头探进去看了一遍，拿出一罐苏打水，抠掉拉环喝起来。她一边喝一边蹬掉了脚上的皮鞋，活动着脚腕。她穿了肉色的丝袜，显得那双脚格外大，小腿肚子突出来，依稀可以看到硬邦邦的肌肉。胳膊也很粗壮，宽厚的大手上涂着鲜红的指甲油，让于玲想到去年万圣节宽宽从学校带回来的做成手指模样的饼干。于玲有点不理解胡亚飞的审美，他自己很瘦，个子也不高，和这个女人站在一起，好像不太般配。不过，他总是去健身房，可能就是觉得自己不够健壮。所以要找一个比自己健壮的女人，是不是也算合理？

"你今天来有什么事吗？"于玲问。

"接下来孩子怎么办？"

"他去他奶奶家。过些天会有人来接他。"

黄小敏眯起眼睛，"过些天是什么时候？"

"你有什么想法？"

"我是他的女朋友，他出事了，我不能不管。"

于玲把粥端到桌上，用小碟子盛了点腌橄榄菜和一块白腐乳。黄小敏坐在对面，伸过胳膊来，把腐乳剜去一大半。

"你没什么问题要问我吗？"

"问什么？"

"我和胡亚飞的事啊，你不想知道吗？保姆不都喜欢打听这个打听那个吗？"

"原来是有一个这样的保姆，你来晚了，她走了。"

"你怎么没走呢？"

"你是让我把孩子一个人丢在这里吗？"

"当然不是。"黄小敏说，"你帮了我们大忙。我回头去看胡亚飞的时候跟他说。"

"不用。等奶奶家的人来了我就走。"于玲说。

"我刚才想说什么来着？"黄小敏翻了翻眼睛，"啊对，我和胡亚飞是打算一起生活的，他已经准备好了跟秦文离婚。唉，要是早提出来，他也不会被牵连了。"

"他们离了婚，宽宽怎么办？"

"当然是跟我们，"黄小敏坚定地说，"秦文又不喜欢孩子。我会对他很好的，我跟胡亚飞说了，我们以后不再要孩子了。"

"现在你有什么打算？"

"我等他出来，"黄小敏说，"我找人打听了，他的事不严重，三五年就能放出来。这几年我就多去看他呗，给他送点好吃的。"

"探视不能带吃的。"

黄小敏撇撇嘴,"我给他织毛衣,这个行吗?"

"那秦文呢,"于玲问,"他们能找到她吗?"

"你不是不爱打听吗?怎么了,跟她处得不错?"

"我得去看宽宽了。"于玲站起身,离开了座位。

"我也去。"

18

男孩说要给他留着月亮,所以卧室的窗帘没有拉上。透明的窗玻璃像光亮的松脂,将一道杏黄色的月牙封在里面。男孩还在睡,张大了嘴巴,呼吸得很吃力。于玲又试了体温,还是没下三十九度。她接来水给他擦身。黄小敏站在一旁,问为什么不给他吃退烧药。

"你没生过病吗?退烧药隔四小时才能再吃。"

"我从来都不生病的啊。"

于玲又拿来冰袋给男孩敷上,看一眼床头桌上的表,还有一个小时就该吃退烧药了,她在床边坐下来等。黄小敏下楼走了一圈,回来时怀里抱着一只饼干桶。她在窗边的落地灯旁席地而坐，举起饼干桶，仔细阅读上面的热量表。

"脂肪竟然有31克！"她叹了口气，伸手从里面掏出一块，送进嘴里。

"你倒是挺想得开，吃喝都不耽误。"

"人活着都有旦夕祸福，我只把握我能把握的部分。"黄小敏拍了拍手上的饼干末。

于玲给宽宽吃完退烧药，又给他喝了一大杯水。他躺在床上来回翻腾，把被子踢开。于玲一手拉着被子，一手按着他额头上的冰袋。男孩慢慢安静下来。于玲扭头再看，黄小敏已经躺在地毯上睡着了，她的头枕着一只毛绒鳄鱼，腿搭在儿童沙发的扶手上，半张的嘴巴里像是含了个哨子，发出低沉的鸣响。

于玲靠在椅背上，先前的困意已经消散，此时变得格外清醒。她发现她完全不了解胡亚飞。当然，拥有一个黄小敏这样的女友，任谁都会感到意外。然而她根本就没想过胡亚飞会有情人。可能因为他看起来挺正派，而且对秦文一向很好。在他们两个当中，秦文才是不稳定的那一个。她的情绪经常崩溃，冲着丈夫大喊大叫,还说都是因为他,她才当不成画家。每次她这么说,胡亚飞从不反驳,只是平静地坐在一旁,等着她逐渐恢复理智。

"好了,没事了。"胡亚飞会用手抚摸秦文的后脖颈,好像她是一只小猫。现在于玲回忆起来,感觉到他温柔的语气里带着一种威严。他不必失去风度,因为一切都在他的掌控之中,这个家始终是他做主。他的沉默里,有一种运筹帷幄的东西。于玲一直有点怕他,不过这可能是她自己的问题。她从小就害怕那些管事的男人,父亲、村长、校长、厂长……每次他们跟她说话,她都会很紧张,她不知道他们将会发出什么指令,无论是什么,她都感到自己无法拒绝。所以她总是避免和他们对视,好像这样他们就不会发现自己。过去四年,她和胡亚飞的目光几乎从来没有交汇,这让她感觉自己很安全。

黄小敏的话,于玲没办法都信。至少她不相信胡亚飞打算跟秦文离婚。没有秦心伟这个靠山,胡亚飞的生意根本做不下去,他自己也就跟普通人没什么差别。于玲很惊讶自己好像现在才意识到这一点。那些管事的男人，是因为什么有了管事的权力，她从来不会去深究。只要他们出现在那个位置上，就显得名正言顺。可是现在的胡亚飞，肯定宁可做个普通人。要真的像黄小敏所说的那样，他三五年就能放出来，那时他会跟秦文离婚，然后带走宽宽吗？秦文就会忽然变得一无所有了。

"艺术总是从'失去'开始的。"于玲回想起秦文说这句话时，脸上几乎带着一种羡慕的神情。

黄小敏睡到快中午才醒，从二楼跑下来，脸上的妆花得乱七八糟，眼睛底下都是睫毛膏。

"宽宽呢，宽宽怎么样了？"

"我在这儿呢。"宽宽精神萎靡地坐在桌边，用勺子搅动着碗里的燕麦粥。

黄小敏拍拍他的头，"我是你爸爸的女朋友，记得吗？"

"记得，你说要陪我玩飞机。"

"岂止？我会的游戏可多着呢。我带过一个儿童减肥营，有十二个孩子！从早上一睁眼，我就带着他们做游戏，一直玩到晚上睡觉，他们都爱死我了，临走的时候抱着我哭。你能想象吗，十二个小胖墩围在你旁边，就像有十二台电暖器一起烤着你！"黄小敏顺便介绍了自己的职业，注册营养师。她拉开椅子坐下，"但是现在，让小敏阿姨先补充点营养，我饿得心慌。"

于玲端出来一碗粥递给她，她马上哀叫起来，"你们每天都喝粥？冰箱里有这么多吃的，就不能做点别的吗？"

"你可以自己做，我不管给孩子的爸爸的女朋友做饭。"于玲说，"帮我个忙，去买一盒点心，我给你地址。"

"为什么你不去呢？你才是保姆！"

于玲没说话。黄小敏又讪讪地找借口，说她穿的皮鞋把脚跟磨出了大水泡，于玲立刻找来一双胡亚飞的旅游鞋，42码，穿在她脚上正合适。出发前于玲给了她一张购物清单。包括几种蔬菜、新鲜的肉类，还有需要补充的烘焙用品，面粉和酵母。黄小敏听说要她自己拿钱，连连抗议。但于玲说，这算什么，以后宽宽的学费也得她掏。黄小敏叹着气离开，走之前她提了一个要求，晚上不要再喝粥。

下午三点黄小敏才回来，除了于玲要买的东西，还带来一个行李箱。她说现在这个情况,她必须做长期照顾孩子的打算了。家务、做饭之类的事,她虽然不怎么会,但要是于玲可以教她,她学起来也很快。她拎着旅行箱上楼,试图占据那间主人的卧室,被于玲拦在门口。

"反正没人住。"黄小敏说。

"那就让它空着。"

"你想住?"

"我说了,让它空着。"

于玲将黄小敏安置在二楼尽头的客房。过了一会儿,宽宽醒了,吃了两块点心,精神好了一些。他到处找他的天鹅,后来趁着于玲准备晚饭的工夫跑到院子里。但是没过多久,他就忘了自己是溜出来的,冲着屋子里大喊。于玲和黄小敏闻声出来,顺着宽宽指的方向看过去,那只鹅站在池塘边沿,用嘴把一块面包屑叼起来,丢进水中。水里已经挤满了锦鲤,头碰头地挨在一起,环成一个圆。有两条心急的,从水中跳了起来。

鹅直起脖子,左右转了转脑袋,又叼起一块面包屑。

"它在喂鱼？"黄小敏低声问。

"哪来的面包？"于玲问。

"我路上买的，"黄小敏说，"留了半个，怕晚上再喝粥。"

"它能帮咱们干活了！"宽宽拍手欢呼。

"和它搞的破坏比起来，这点贡献算什么？"于玲对黄小敏说，"它总是叨花盆里的土，弄得到处都是。"

"鹅的眼睛很特别，"黄小敏说，"看什么东西都比实际要小。"

"你怎么知道？"男孩问。

"我家以前养过鹅啊。"黄小敏说。

"是天鹅。"男孩说。

"别和他争了。他还相信它能飞呢。"于玲说。

"你们知道鹅为什么会攻击人，"黄小敏问，"就是因为它眼睛里的人的个头比自己还小。"

"马也比它小吗？"男孩问。

"也比它小，就没什么是比它大的。"

"它肯定以为自己是森林之王！"男孩说。

"王不王的它可能也不在意，但它就是什么也不怕。"

鹅听到了动静,猛然把头转过来。它立在那里,一动也不动地看着他们。

宽宽向前走了两步,冲它招了招手,"嗨,欢迎来到小人国!"

19

晚饭是糖醋里脊、腰果虾仁、普宁豆酱蒸石斑鱼和上汤菠菜。宽宽更爱吃咕咾肉，但是于玲忘了让黄小敏买菠萝。黄小敏对于玲的厨艺大为赞叹，她觉得于玲应该去开餐馆。于玲发现，黄小敏吃东西很具感染力，会让人觉得食物更香，不知不觉吃下去更多。宽宽不仅没挑食，还和黄小敏争抢最后一块糖醋里脊。

那天晚些时候，宽宽睡下以后，于玲决定烤点面包。黄小敏主动要求帮忙，但她把碎蛋壳掉到了蛋液里，还把面粉撒得到处都是。于玲很快禁止她再碰任何东西。其实最让于玲不能忍受的，是她将那些盆碗弄出很大的声响。在于玲看来，这间配有最顶级厨具的厨房，允诺了一种安静。烤箱、微波炉、厨师机、抽油烟机、洗碗机、搅拌机，即使这些机器同时工作，也不会有任何噪音，有的只是一种低沉有力的律动，那是机器的呼吸声。有时临睡前宽宽忽然提出明天要吃某种蛋糕或面包，于玲嘴上嚷着麻烦，心里却高兴不已。尽管她随时都能使用厨房，但她还是喜欢有一个理直气壮的理由，让自己可以长久待在这里。

她很享受深夜一个人在厨房干活的时间。四周一片安静，能听到窗外靠墙种的那排竹子，被风吹得沙沙作响。白墙上的竹影，像潮水一样进进退退。制作蛋糕通常没什么难度，无外乎把各种材料混合在一起，很难说谁是最重要的，不像面包，面团就是它的灵魂。和人一样，每个面团都有自己的脾气，有的倔强，有的温柔，有的调皮。于玲只要把手指插进去，马上就能知道这是一个什么样的面团。

于玲今天打算做的是蔓越莓核桃面包。她将和面垫上的面团轻轻捧起，放入一个陶瓷盆。现在它蕴藏着惊人的能量，加热后会有无数气孔打开，将它撑到两三倍大。有时候她会专门守在旁边，等着看面包把表皮冲破的那个瞬间。那也是她众多迷信的小嗜好中的一个——看到就会交好运。

她的家乡盛产小麦,她从小就喜欢玩面团,也很早就知道,加入酵母发面,蒸出来的面皮会更暄软。但他们对酵母的使用太保守了,从来不会允许面团过度膨胀,把自己撑破,好像那样它就会变成别的东西。她的奶奶要是看到她做的面包,一定会说她糟蹋了粮食。不过,就算面团充分发酵,他们也做不出面包。因为他们没有烤箱。

她把陶瓷盆送进那只嵌入式烤箱。虽然几分钟前她才将它打开,但现在温度已经升得足够高。它的预热速度惊人,而且在时间上极其精准。

"我喜欢他们家的燃气灶,有时候我觉得我在为它打工。"于玲刚来北京的时候,那个把她介绍到家政公司的同乡说。同样地,有一些时刻,于玲也觉得自己在为这台烤箱打工。她想到再也不会见到它,心里就有点难过。去"春游"的前一天,她专门烤了一只面包来跟它告别。烤完之后,她还把它的里里外外都擦得铮亮。

她和冬虎认识的时候，冬虎给胡亚飞的一个朋友当司机，开的是一辆宝马7。当时他最喜欢跟于玲说的话是，早晚有一天，他要买一辆同样的车。类似的话，于玲也听别的保姆说过，她们从前聚会的时候喜欢玩一个游戏，每个人说出"最想从雇主家带走的一件东西"，洗碗机、婴儿车、按摩椅……她们发誓将来要买一模一样的，但这些愿望最终都不会实现。买不起当然是一方面，就算买得起，这件东西跟她们的生活也完全不匹配。它只会显得格格不入，无法充分发挥它的作用。试想一下，未来的一天，她在她的家乡天水市的县城里买下一套小房子，她会想要一只这样的烤箱吗？且不说她根本没有足够厚的墙让这只烤箱卧进去，那时她还会有心情在夜深人静的时候烤面包吗？人的处境一旦改变，快乐也不会再相同。她在这幢房子里掌握的全部技能，都对将来毫无帮助，只是徒增痛苦而已。所以于玲觉得，保姆和司机都是很残酷的工作：你曾如此深地进入另一种生活，被它捏塑成某种形状，但等你回到你的生活里时，这个造型只会显得滑稽，就像一只把自己暴露在外面的嵌入式烤箱。为了适应你的生活,你必须再把自己变成从前的形状。能吗?

但是话说回来,这些有钱人又得到了什么呢?他们置办那么好的厨房设备,却从未将自己的指纹印在任何一个按钮上。他们不知道,这些电器的美妙之处,不在于它们能做出更可口的食物——做出可口食物的永远是人,而在于它们给操控它们的人所带来的愉悦。当机器用它的善解人意博得你的会心一笑时,你会感觉这个世界是为了你而存在的。于玲记得,冬虎跟她说自己刚开车的那几天,好像得了相思病。晚上他躺在床上翻来覆去睡不着,一心只盼着天快点亮起来,他就能再见到那辆车。他喜欢把钥匙插入锁孔后停顿的两秒,周围一片安静,整个世界都在等待,然后车子像是从睡梦中醒来,亮起了仪表盘。他希望快点开到目的地,把老板放下,这样他就可以和车子独处,随意摆弄那些按钮。他总觉得还有一些他不知道的功能,所以一有空他就开车去 4S 店,让 VIP 顾客的专门接待员给他讲解这辆车的功能。直到有一天,卖车的男人跟他说,我觉得你现在能来我们这里上班了。冬虎很生气，他以为对方看不出自己是司机。但是怎么可能呢？有哪个有钱人成天去4S店转悠？

哦，冬虎，她想，忘掉什么宝马，用那笔钱脚踏实地地过日子吧。

黄小敏和于玲坐在白色大理石中岛台边。烤炉里的灯管发出柔和的光，让于玲想到小时候家里用来孵小鸡的暖箱。她拿起电热壶，给她们面前的杯子倒满水。茶袋在水中舒展，散发出淡淡的薰衣草香味。

"你说宽宽是美国人？"于玲问。

"对啊，他不是在美国生的吗？"

"他长大了必须回美国吗？要是他不喜欢怎么办？"

"他为什么会不喜欢啊？那里很自由，谁也不歧视谁，人都很热情，隔老远就跟你打招呼。"

"你去过？"

"是啊，可是也有些年头了，不知道现在是什么样了。"黄小敏垂下眼睛，过了一会儿才说，"等胡亚飞出来，我们就带着宽宽去那里定居。"

"孩子还是应该跟着妈妈。"于玲不太确定地说。

"妈妈在哪里呢？"黄小敏站起来，活动了一下腰，拉开冰箱看着里面陈列的东西。

"他们给你的工钱付到什么时候？"黄小敏拿起一瓶蜂蜜看了看。

"怎么了？你打算替他们接着付？"

黄小敏笑了，"我倒是想啊，你饭做得这么好，谁跟你一起生活真是有福了。不过我接下来要照顾孩子，连班都没法上了，哪有钱付给你？我也不想耽误你，你放心走吧，孩子我会好好照顾的。"

"你想雇我，我不一定会答应，但你想辞我，也没有那个权力。是宽宽妈妈雇佣我的，要辞也得她来跟我说。"于玲发觉自己在用一种艾米老师的口吻说话，而且感觉挺不错。

"你这人真怪，是你自己说早有走的打算啊。"黄小敏合上冰箱，走出了厨房。

于玲往茶杯里添了一些热水。她捧起杯子，转过头去看着烤箱。在灯管柔和的光线下，面包正以一种无法察觉的速度升高。忽然有那么一刻，她看到它像一颗巨大的金色种子一样，爆裂开来。

20

第二天宽宽睡到中午,精神焕发,看起来完全好了。他跳下床就去找黄小敏。黄小敏正在地下一层的影音室玩跳舞毯,邀请他跟自己共舞一曲,被他拒绝了。他心心念念要玩那只遥控飞机。黄小敏问于玲要来飞机,装好电池交到宽宽手上。

宽宽握着遥控器,瞄准放在条案上的花瓶。可是飞机一点也不听话,打了个转又朝他们这边驶过来。男孩试了好几次,高一点,低一点,飞机都兜着圈子绕开了。黄小敏从地上捡起飞机,朝条案那边抛过去,飞机划过一条弧线,头插在花瓶里。花瓶摇晃了一下,掉在地上,变成了一堆碎片。

"哇！打那个！"宽宽指着条案另一边的花瓶。

黄小敏从男孩手里接过飞机，退后几米，手腕一扣，机头直冲向花瓶的脖子，随即传来落地的声响。宽宽欢呼起来，让她砸条案中间的插屏，被于玲制止。

"出去玩！"于玲警告黄小敏。

直到她做好晚饭，他们都没有出现。于玲走到院子里，看到黄小敏正扭住宽宽的一只手臂，将他摁坐在地上。

"你干什么？"于玲冲着黄小敏喊道。

"这就叫'压肘擒拿'，学会了吗？"黄小敏松开宽宽。

"再来一遍！"宽宽要求道。黄小敏压低身体，让宽宽揪住她的衣领。两人对视，静立不动。黄小敏忽然发动，一手抓住宽宽的手，另一手托住他的肘，身体一转，压住那只手臂，迫使他跪倒在地。

"今天就到这里吧。"黄小敏松开双手，两腿并拢站立，探身向前鞠了一躬。宽宽也学着她的样子回礼。

"想让我收你做徒弟，你吃饭的时候不准再挑食，什么蔬菜都要吃，早上还得跟我去跑步、压腿。"

"没问题!"宽宽拍着胸脯说。

"他很有练跆拳道的天赋。"黄小敏一边往屋子里走,一边对于玲说。

"你最好和他爸爸先统一一下意见。他爸爸让他练棒球。"

"一直举着个木棍站在那里等?还有比这个更无聊的吗?运动方面他爸爸得听我的。"

吃晚饭的时候,宽宽让黄小敏坐在他妈妈的座位上。他的胃口很好,嚷着让于玲给他添饭。

"今晚我可以跟小敏阿姨一起睡在天鹅旅馆里吗?"宽宽问。

"别问我。你爱怎么样就怎么样。"于玲回答。

"你看,我就说她会答应的!"宽宽冲黄小敏眨眨眼睛。

"可她看起来好像很生气呀。"黄小敏也冲宽宽眨眨眼睛。

"我为什么生气?只要他能吃饭,不生病,别的我都不管。"

临睡前,于玲给黄小敏送过去一个枕头,提醒她

宽宽爱蹬被子,当心别让他着凉。她拉上帐篷,听到里面传来黄小敏的声音:

"快松开我,小心我给你个旋风踢!"

于玲走到楼梯口,看到了那只鹅,它伏在钢琴凳的旁边,身后漆黑的钢琴将它衬得更白了。傍晚的时候,于玲在院子看见过它,此后也没有人开过后门,所以它是从那条小隧道进来的?因为晚上外面天气凉,就跑进屋子里来睡觉了。

"你好像是挺聪明的。"于玲看着它。它也用那双漆黑的小眼睛盯着她。

在它的正前方,有个绿色的东西。她轻手轻脚地朝那边走过去,它立刻警惕地站了起来,但没有张开翅膀,也没有叫。很好,于玲想,就算对方个头看着很小,也不代表你就要攻击她。她又朝它走了两步,它向后退了一步,仍旧没发出任何动静。现在她看清楚了,那是一块长方形的乐高积木,上面有两个凸起的小圆洞。

"你还给自己找了个小玩具?"于玲弯下腰,伸手想把它捡起来,鹅腾的一下支棱起翅膀,上下拍打着,喉咙里发出嘎嘎的几声。于玲把手撤回来，走到墙边，关掉了客厅的灯。等到她从楼梯上扭过头来看时，鹅又伏下了身，那块积木就在它的正前方，像一片翠绿的树叶。

于玲回到自己的小房间，她躺在床上，但没有睡着。过了一会儿，她听到有人敲门。黄小敏探进头来。

"宽宽老是捏我的耳朵。而且帐篷太小，我都伸不开腿。他已经睡着了，我能到床上去睡吗？"

"你用不着跟我商量。"于玲说。

黄小敏推开门，靠在门框上，转动着手腕，"你其实根本不想走，对吧？"她看着于玲，停下手上的动作，"但我不理解了，你打算在这里过一辈子？你就没有点自己的生活吗？"

"出去，我要睡觉了。"于玲翻了个身，面朝墙壁。

21

第二天一早,于玲做完早饭,发现黄小敏和宽宽不在客厅。外面传来发动机的响声,她跑过去打开门,男主人的那辆跑车停在外面,车窗摇下,驾驶座上坐着的是黄小敏。

"我带宽宽去兜兜风,买个冰淇淋。"她低头研究着手边的按钮。

"你有驾照吗?"

"我很早就考了,只是没怎么上过路。"

"那不行,"于玲绕到另一边,拉开车门,"下来,宽宽。"

"不要,我都好久没坐车了!"宽宽说。

"这个车不是你坐的,连安全座椅都没有。"

"冬瓜叔叔的车也没有安全座椅。"

"下来,宽宽!听见没有?"于玲见宽宽坐在副驾驶座上不动,就探进身去,越过黄小敏拔下了车钥匙。

"嗨,你这是干什么?"黄小敏从车上走下来。

"把钥匙还给我们!"宽宽也跳下车,气愤地在她身后大喊。

她已经迈上台阶,站在了大门口。

"你自己不会开车,就把这事想得很难,其实非常简单。"黄小敏说。

"她会开车。"宽宽说。

"你说什么?"于玲惊讶地看着宽宽。

"但她开得很差,还撞到过人。"宽宽用一种嫌弃的语气说。

于玲看着宽宽,她没想到他也知道了。"你跟你妈一样坏。"她走下台阶,把钥匙扔给黄小敏,头也不回地朝山庄的大门走去。她走得很快,像是担心他们追上来,但是直到他们已经消失,她还是无法让自己慢下来。

那是十五年前的事了，当时她刚拿到驾照不久，到哪里都揣着那个塑料黑皮本，作为镇上第一个女司机，她有理由为此感到骄傲。尤其是她拿到的还是能开大型车的B2驾照。她已经被县里的长途客运公司录取，下个月就要正式上岗，这等于是提前接了她爸爸的班，毕竟她爸爸还有两年才退休，不过在做过前列腺癌的手术之后，他的身体就大不如从前了，尤其是不那么能坐得住了。但是没有人会说破，家里人了解他的个性，要面子，喜欢死撑。那一天他接了个私活，帮人运一趟家具，因为是长途，她母亲就让她一起去。但她们都很清楚，她多半派不上用场。让父亲坐到副驾驶座上，他是会发火的，他受不了别人在他面前掌舵，特别是他的女儿。从小到大，父亲一直瞧不起她。为了证明自己比一般女孩更有出息，她才去学开卡车，但父亲对她的态度并没有多大改观。

后来母亲反复问她，是你爸让你这么做的吗？没有，她摇头。他也没有给她任何暗示。他的确很喜欢发号指令，但那晚没有给她任何指令。

当时她在副驾驶座上打盹，被一下猛烈的撞击震醒。天已经黑了，他们先看到是满地乱滚的塑料瓶，然后才看到那个人，仰面躺在地上。父亲变得非常无助，呜呜地哭起来。那哭声折磨着于玲，让她必须做点什么。如果她没有睡着，就能帮父亲看着，也许事情就不会发生。警车赶到之前，她做了一个决定。这是她那娇贵的弟弟永远做不出来的牺牲。

新手肇事，警方没有怀疑。不久之后，法院就做出了判决。死者没有家属，六十四岁，住在城中村的一间廉租房里，靠收废品为生。在她服刑的第二年，父亲癌症复发，几个月后就咽了气。母亲说，是那个死者把他带走了。

于玲再也没有摸过方向盘。起初她以为就只是不能再做司机，出狱之后，她才发现自己把事情想得过于简单了。这个污点将会跟随她一生。想再在县城找到一份像样的工作，肯定不容易了，恋爱也不可避免地受到了影响。她曾鼓起勇气试着向和她谈婚论嫁的男人解释那晚的决定，对方感到很困惑，认为要是她说的是真的，只能证明她的脑子不正常。那次敞开心扉，非但没有拉近他们的距离，反倒使他们变得疏远，婚事后来也黄了。她觉得自己很蠢,发誓再也不会跟人说起。所幸的是,随着她离家越来越远,那件事终于没有人知道了。直到秦文要带她去美国,签证被拒后,秦文派人调查她的过去,才发现她有案底。

后来于玲总是想起她向秦文提出辞职的那个晚上。她原本没有打算做任何解释,可是她站在那里,感觉有一股熔岩般灼烫的东西在胸口翻滚。她忽然觉得,如果把真实的情况说出来,秦文是会相信她的,她觉得她和秦文绝不是她给她钱,她为她工作那么简单,而是有一份超出雇佣关系的情谊。

"对不起,我隐瞒了这些,但我真的没有恶意,"她先是这么解释了一句,然后情不自禁地说,"那件事不是我干的,你相信吗?"

"他们这么判你,肯定有他们的道理。"秦文回答。他们是谁?为什么要将他们横在她俩之间?当时秦文靠在丝绒沙发上,手中翻着拍卖图录,脸上露出一副冷漠的、公事公办的表情。那副表情后来不断浮现在于玲的眼前,使她为自己感到羞愧,明白自己那一厢情愿的袒露心扉有多么滑稽。

于玲出了碧湖山庄的大门，朝着公交车站走去。天空阴得厉害，空气里飞舞着柳絮。她还没想好去什么地方，不过无论到哪里，都必须坐那趟公交车。也许她可以去拜访吴太太？她感觉自己需要先找某个地方歇歇脚，才有力气做更长远的打算。

"于阿姨！"一个声音从她的身后传来。

于玲站住了。伴随着发动机的嗡鸣，一辆黑色越野车停在她的身边。车窗缓缓降下，一个黑色长发的年轻女人摘下她的墨镜，是艾米老师。

"太巧了，我正好要去你们家家访，"艾米老师小心地问，"宽宽一个人在家吗？有人陪着他吗？"

"他爸爸的一个朋友在，"于玲回答，"宽宽的事你跟她说吧。"

"你要去买东西吗？我开车带你去。"

于玲摇了摇头，迈开腿向前走去。黑色越野车也发动起来，以很慢的速度跟在她的后面。她没有理会，一口气走到公车站，坐在长条凳上，越野车也停住了。

"你走过了，大门在那边。"于玲说。

"是的，我看到了。"艾米老师将胳膊放在车窗上，探出头来，"但我其实是来找你的。于阿姨，我们能聊聊吗？你现在赶时间吗？"艾米老师用殷切的目光看着她。

在过去一年里，她出售了自己的每一分钟，连除夕夜都没有休息。现在她有的是时间，可是她不知道应该拿它们干点什么。

"不赶了。"

22

"我知道你很生气,"艾米老师说,"我上次那么跟你说话真是太过分了。"

她们坐在一家餐厅的露天座位上,天气不好,风有点大,户外没有别的客人。店员正在忙着清理昨天生日派对留下的庆祝痕迹,从窗户上摘下铝箔制的金色字母装饰。她们面前是一块草坪,写有数字"5"的 LED 灯还在发光,半圆形的拱门上挂着萎缩的气球,像一面收成不怎么样的葡萄架。远处,一个男服务员正在追逐一只被风刮得到处跑的气球。于玲忽然记起她来过这里,也是生日会,寿星是宽宽小班的一位同学,名字叫安迪。那天来的还有佳妮、小亮和伊娃。她发觉自己几乎记得宽宽所有同学的名字，还有老师的名字，还有他参加夏令营时同屋室友的名字，还有他们在科技馆认识的小哥哥的名字。她感觉自己的脑袋里塞满了这些无用的信息，不知道该如何一次性地将它们清除出去。只是时间的问题。她想，或许有一天，她会连宽宽的名字都想不起来。

艾米老师坚持要请她吃早餐，于玲就点了烟熏三文鱼贝果三明治和英国红茶。食物的分量比想象的要大，贝果上顶着两颗水波蛋，像一个胖孩子戴了副白色游泳眼镜。女服务员端上咖啡和茶，即使她退到一边的时候，腰板也挺得笔直。或许她是刚来北京，用于玲母亲的话说，还没学会怎么偷懒。

"我后来才知道宽宽家出事了。"艾米说，"我想我应该跟你道歉，对不起。"

"不用。"于玲低头转动着杯子里的茶包。

从来没有人跟她说过"对不起"。小时候每次她母亲把好东西给她弟弟，都会跟她说，你就委屈一点。这句话已经包含了最大的歉意，同时也暗示了某种合理性，意思是你应该理解我。在他们乡下，没有人会说对不起。他们认为，那些不犯法的伤害，不算真正的伤害。如果一个伤口长在看不见的地方，就没有人需要对它负责。于玲显然也认同这种观点，所以她不能理解秦文为什么经常要求宽宽向她道歉。你错了吗？你应该说什么？秦文不停地追问，直到宽宽说"对不起"。对不起有什么用呢，它又能改变什么？一种虚假的形式罢了，于玲想，可是此刻当有人对她说出这三个字的时候，她感觉像是被什么虫子蜇了一下。眼眶发热，心中一阵委屈，倒也不是因为跟艾米这点事，而是很多陈年旧事，说不清具体是哪一桩。

"你本可以一走了之的，对吗？这种情况下有谁会责备你呢？"艾米老师激情澎湃地说，"可是你一直都在宽宽身边。发生这么大的变故，孩子内心一定很受冲击，你知道在这样的时候，你的陪伴有多重要吗？"

"我没跟孩子说，孩子什么也不知道。"

"你做得很对，包括不让他来上学。确实应该等学校做好准备，再让他回来。现在心理老师已经介入了，接下来他们会配合我的工作。"艾米老师神情严肃，一副要大干一场的样子，"前提是宽宽不转学的话。他会转学吗？我希望不要，这个时候换一个陌生的环境只会更糟。"她看了看于玲，"当然了，这些事也不是我们能决定的。唉，现在我们只能祈祷他的家人没犯太大的罪。"

艾米只吃了半个可颂。她让腰杆笔直的女服务员又加了一杯美式咖啡。

"你的感觉怎么样？"艾米用手指摩挲着杯子。

"我的什么感觉？"于玲问。

"当你知道他们贪污了那么多的钱——"艾米压低声音说，"你会不会对他们的看法也发生了改变呢？甚至对这份工作，对宽宽的感觉都变得不一样了？"

"没有，我觉得那些事跟我没什么关系。"

"是的，明白。"

"而且当官的不都是这样吗？不然他们干吗要当官呢？"

艾米绷起脸，但很快她的神情放松下来，"要是你以前这么说，我会很生气，只要别人跟我想的不一样，我就会很生气。但是现在我好了很多——我真的太自以为是了，为什么我就一定是对的？"

于玲有点惊讶艾米会这么批评自己。

"不过我看过一本小说,"艾米说,"讲了一个管家的故事。那个管家将半生的时间都奉献给了他的主人,他认为他的主人是个好人,做的是正义的工作,可是后来他才发现,他的主人其实是在帮助纳粹——"她停顿了一下,观察着于玲的反应,"就是一些发动战争、滥杀无辜的坏人。管家感到很失望,不,不是失望,比失望更严重,他感到很羞耻,觉得自己白白浪费了生命,而且他一生都会带着那个污点,永远也抹不掉。"

"那个主人至少给了他工钱。"于玲说。

"是啊,可是很多人都可以付给你工钱。但你只能拿一份工钱,为一个人工作。你当然希望你的劳动能够汇集到一件有价值的事上。国家也是同样,你为它效忠,希望它是为了人民的福祉,而不是为了某个权力阶层,或是统治者……"

"那个主人没有孩子?"

"嗯?"艾米有点不高兴被打断。

"那个管家没有照顾主人的孩子吗?"

"好像是的,"艾米回忆着,"主人没有孩子,也没有太太，小说没有提到他的任何家人。"

"如果有孩子就不一样了。你看到孩子一天天长大，这就是你的成果。你不可能觉得时间全都浪费了。"

"啊，是的，"艾米思考着她的话，笑起来，"现在我明白，为什么总觉得那个小说里好像少点什么了。你说得没错，如果有孩子，就完全不一样了。纳粹的孩子也是无辜的，也值得被好好对待，在孩子面前，任何对立的立场都会瓦解。这也是为什么我选择留下来，继续做现在的工作。我相信我可以让孩子们变得更好，哪怕只是一点点，但它是最真实的，无论世界明天变成什么样，没有人可以否定我的工作的意义。你说对吧？"

于玲耸了耸肩。艾米笑起来。

"女人就是容易自我感动。我的一个男领导说，为什么那些女革命者是最忠贞的，因为她们活在幻觉里，觉得自己站在舞台中央，扮演着极其重要的角色，所以她们才会表现得无所畏惧。"

"对了，于阿姨，我有个朋友在一家英国的报社工作，他在做一篇关于官员腐败的深度报道，想采访一点特别的人，给西方读者提供不一样的视角，我觉得你很合适。你愿意跟他随便聊聊吗？"

"算了吧，我什么也不知道，而且我不大会说话，聊不出什么来。"

"好吧，不过您要是改变主意的话，就跟我说。他真的是个很有热情的记者。今年夏天就要回英国了。"

于玲毫无必要地注意到，艾米无名指上的戒指消失了。

她们离开餐厅的时候，男服务生正把他擒拿到的几只气球归拢到门口。

"我能拿走一个吗？"于玲问。腰板笔直的女服务生跑上来，将系着十来只气球的线绳都交到她手里。

"都给您！谢谢光临！"

艾米老师坚持要载她一程，问她去哪里，她想了想，说回碧湖山庄。她坐上那辆黑色越野车，从副驾驶座向前看，几乎感觉不到挡风玻璃的存在，当一根梧桐树的树枝落在上面的时候，她感觉它就要戳向自己。在一个路口停下之后，艾米看了看红灯的等待计时，用那两只纤细的胳膊转了大半圈方向盘，将车头甩向左边，猛踩一脚油门朝那个方向开去。后座上攒动着的气球脑袋左右摇晃，有一只蓝色的从她们中间的空隙冲到了前面。

"慢一点，慢一点。"于玲把那只气球摁回去。

于玲隔着很远就看到了宽宽。他坐在门口的台阶上，把头埋进膝盖。听到汽车的引擎声，茫然地抬起头。但他不认识这辆车，也没看见她们，所以又把头低下了。于玲摇下车窗，探出头去喊他。他听到声音立刻站起来，跑到路中央。

"当心，当心。"于玲提醒艾米。

"小伙子，你的精神挺不错啊。"艾米老师跳下车，把墨镜架在头顶上。宽宽走上前，拉了拉于玲的手，他的嘴巴向下撇着，好像马上要哭了。

"喏，就只有这几种颜色的了。"于玲蹲下来，把那一把气球绳交给宽宽，又在他的手腕上缠了两圈。

"我错了。我再也不说你车开得很差了。"宽宽伸出双臂搂住她的脖子，在她的耳边说。她感觉从他嘴巴里冒出来的热气。当她将他抱起来的时候，她感觉到，他把身体的全部重量交托于她。她不知道明天还会发生什么，但有一件事她非常确定，那就是现在他需要她。不是像需要一个保姆一样的需要，而是像需要一个——"家人"那样的需要。这个词当时曾被车站里所有的人听到，好像因此成为了事实。

23

于玲和宽宽走进屋子,黄小敏靠在沙发上,仰面朝天。她听到脚步声,马上坐直身体,同时按了一下遥控器,把电视关上。

"他非要出去等你,我怎么拽也拽不进来。"黄小敏站起来,跟着于玲走进厨房。她站在那里,又绕起了手腕。

"宽宽没有你不行。我现在明白了,谁都可以不在,但你不能不在。"

"哦?我难道不是应该有点自己的生活吗?"

"当然,但也不差这一点时间了嘛。"她又跳起来摸了两下头顶的门框,"今天的新闻里提到胡亚飞的名字了，说他涉嫌利用岳父的职权，为他人谋取不正当利益。"她吐出一口气，"事情好像挺大的。"

"这还没到两天，就想变心？"于玲笑了一声。

宽宽出现在门口，"打扰一下，我需要借用一下小敏阿姨！"他拉起黄小敏的手朝外跑。

下午于玲忙着整理屋子，大磊打来电话。他没有再提起冬虎和那辆面包车。只是说，他想给她送两箱水果。他解释道，那不用花什么钱，是他打工的那家超市给雇员的福利。于玲让他不要麻烦，他坚持说，他知道于玲现在一定不容易，希望自己能帮上一点忙，最后于玲不好拂他的意，就答应了。挂电话前，她问他能不能给自己捎一些果瓜蔬菜的种子来，她打算自己在院子里种点菜。

傍晚时，于玲回到屋子里，客厅里没有开灯，帐篷上缠绕着几圈彩灯，柿种般的小灯泡像呼吸一样一明一暗地闪着光。那些气球被分成四组，扎在帐篷的四角。这时宽宽和黄小敏抬着一整箱东西，从楼上跌跌撞撞地下来了。宽宽说他们还没有布置完，让于玲先不要过来。

门铃响了。多美又带着小姑娘来了。多美今天的紧身裤是辣椒红的。小姑娘照旧从于玲旁边钻过去,喊着宽宽的名字朝里面跑。

"你看起来越来越像这里的主人了。"多美拿出一个塑料文件夹,从中间打开,里面夹着一摞纸,她用指头捻过去几张,递给于玲,"签个字。"

白纸上方印有一行黑色粗体字:"碧湖山庄养犬管理条例(修订版)"。多美指给她看修改的地方,说新的业主委员会决定,取消对遛狗时间所做的限制。于玲以为是让她签秦文的名字,不肯签。

"你签你的名字就行,你代表的是这幢房子,201—101,现在是你住在这里,你就有这个发言权。而且秦文已经被业主委员会除名了。"

多美合上文件夹,"有秦文的消息了吗?"听到于玲说没有,她也并无失望,似乎那么问只是为了引个话头,好讲出自己所知道的。她说听她的女主人说,有人在旧金山的一家中国超市看见秦文正在买卷筒纸,而且胡亚飞还有个情妇,情妇的父亲和弟弟名下的几家上市公司,靠山都是秦心伟。她现在好像也跑路了。

"这些有钱人见不得光的东西可真多。表面看着越像样，私底下的脏东西就越多。哎，他们自己怕见光，就不让别人晒太阳。"多美又说回到了狗身上，明天白天她终于可以大摇大摆地带着家里那只老狗出来散步了。于玲心想，多美最想从主人家带走的一样东西，大概就是那只狗了。

稍后于玲在厨房准备晚饭时，黄小敏进来问有什么可以帮忙的。于玲有意跟她讲起从多美那里听来的传闻，关于胡亚飞有个情妇，目前也在潜逃中，想看看黄小敏会做何反应。

黄小敏高大的身体抖动了一下，"哎呀，不是我！那个情妇不是我！你看我像个家里有上市公司的人吗？我给你看看我的储蓄账户吧，我上个月的信用卡还没还呢！"她拉开冰箱，拿出一瓶苏打水，贴在脸颊上，深吸了几口气，"反正我早就打算走了，就跟你说实话吧，我根本不是胡亚飞的女朋友。我和他一点关系也没有！"

于玲看了她一眼，继续择菜，"你是怕受牵连吧。"

"你不信可以报警，看看他们会不会抓我。我只不过是骗了你一下，自己还搭了钱，应该不犯法吧？"

"那你到底是谁呢？"

"我——我是胡亚飞的健身教练。他在优享健身房健身，一般是上午去，有的时候也在下午，但从不晚上去，我说得没错吧？那天上午胡亚飞知道秦心伟出事的时候，我正好在旁边，听着他打了几个电话，然后说不练了，着急忙慌地走了。后来新闻出来了，我听别的会员说，他也被带走接受调查了。"

她拧开瓶盖，咕咚咕咚喝下去半瓶。

"不过我是真的挺喜欢他啊。他很有涵养，对人也和气。当初要不是他一口气充了一百节课，我根本留不下。我的业务能力真的一般，动作总是抠不细，上课还容易走神，有时候一边给会员数着动作的个数，一边在想午饭吃什么，数着数着就乱了。不过胡亚飞说我这样让他感觉很放松，他正好也可以想想别的。去年他就帮过我一个大忙。当时我妈诊断出肺癌，来北京动手术，等了两个月都排不到一个床位。我给他上课时还在托人挂号，他听到了，就说你等一下，然后拨了个电话。当天晚上医院就通知我妈入院，很快给她做了手术，主刀的还是内科主任！我当时第一反应是，这红包还不得多给一倍啊！我实在不了解行情，就打电话问他该给多少，他说不用给。后来我一直想请他吃饭，他也拒绝了，跟我说这不过是小事一桩。现在他有难，我不可能袖手旁观，你说对吧，我那天听他打电话，跟那边的人说起宽宽，好像很难办，所以我就来了——不管怎么说，你得承认，我确实帮上了一点忙。"

"帮忙就帮忙，为什么冒充他的情人呢？"

"哎，我不冒充，能从你手里把孩子抢过来吗？而且没准他出来以后，看到我在帮他照顾孩子，一感动真跟我在一块儿了呢，然后我们就可以一起去美国了。"

"哦，原来重点在这里。你是想通过他去美国？"

"也不用非得结婚，他在那边有公司，有房产，办个人过去应该很容易。"

"美国有什么好的？电视里说总有枪击案，还打死了中国人。"

"你应该去看看，他们不是经常去旅行吗，没带上你吗？"

"我才不去呢。我哪里也不去。"

"美国肯定不是什么都好。但它是我的一个心结。我小时候可是代表国家队参加过比赛的。在那里住了半个月，有一天晚上我从宿舍溜出来买吃的，结果迷路了，越走越远，我英语不好，只能瞎比画。后来我在加油站遇到一个老头，他说他开车带我找，结果找了一个晚上，找到我们的驻地的时候，天都亮了。老头听说我是运动员，特别高兴，还去看了第二天的比赛，我们赢了，他说有他的功劳，幸亏他把主力队员护送回来。我们约好我再去比赛的时候，他带我到红岩峡谷坐直升飞机。但是我第二年就因为膝盖受伤退役了。"

"你练的是什么项目？"

"排球，我是个很棒的二传手，就没有我托不起来的球。那个老头大概已经死了，我留着他的电话，但是一直没打。"黄小敏把空瓶子投掷到垃圾桶里，"我想我应该走了。"

"你演得不错，完全可以继续演下去的。"于玲说。

黄小敏摇了摇头。她向于玲承认，自己其实也看到了网上的传闻。知道胡亚飞真的有情妇，她很伤心，虽然她早就感觉到，他和秦文的感情不是很好，不然也不会想要"趁虚而入"了。胡亚飞跟她提到过，无论他怎么做，他的妻子都对他不满意，也说过妻子不喜欢小孩。不过，黄小敏说，她倒也不是因为有情妇的事，才对胡亚飞死了心。而是她发现事情不像自己想的那么简单。她本以为胡亚飞只是被连累，现在看来是重罪，所有财产可能都要被没收。日后他自己能不能去得成美国都很难说。当然，在于玲"出走"的那一会儿里，她也意识到自己根本没办法单独照顾一个孩子。

"你说，我就这么走了，宽宽会不会生我的气？"

"别自作多情了。小孩很快就会忘记的。"

"是吗，可他跟我讲起来他五岁时，和你在游乐场走散的事，简直历历在目啊。他说你告诉他，以后再出现这种情况，千万不要乱跑，就一直留在原地。"

于玲心头一震。她想到自己差点利用了这一点，把他一个人留在那个游乐场里。她低下头干活，好一会儿都没有再说话。黄小敏走过来，站在她身后，轻轻拍拍她的肩膀。

"嗨，你是世界上最棒的阿姨。"

于玲惊讶地看着她。黄小敏笑起来，"这是那个美国老头教我的，他说要学会赞美别人。赞美是一种独立的语言，全球通用！"她收起笑容，正色说，"但赞美有时候是真的，嗯，我真的这么想。"

于玲转过身去，低下头，拿起抹布擦了擦案台上的水，"你什么时候走？"

黄小敏耸了耸肩，"我现在就去收拾东西。"

"吃了晚饭再走吧。"

宽宽出现在厨房门口，郑重地向她们宣布："天鹅旅馆"已经通电了。

晚饭是黄鱼烧年糕、叉烧肉和荷兰豆炒藕片，于玲又应黄小敏的强烈要求煎了牛排。等到她把炉子上炖的汤关火、端出去的时候，客厅里静悄悄的。黄小敏和宽宽在帐篷前面站成一排。于玲问怎么了，宽宽把食指放在嘴边，冲她招了招手。她走过去，看到被橘红色灯光照亮的帐篷门口，挂着"Welcome"的木牌。里面左边摆着小茶几，上面是茶壶和四个杯子。右边是地铺，整整齐齐地叠放着被子。而那只鹅站在当中，好奇地伸长脖子打量着四周。

"它自己进去的?"

宽宽点点头,"我们的客人终于住下了!"

黄小敏咕哝道:"咱们是不是应该去吃饭,让客人自己待一会儿?"

晚饭后,他们再去天鹅旅馆的时候,客人已经离开。透过窗户,于玲看到它已经跑到院子里去了,此刻正站在空食盆边踱步。于玲拿了一颗娃娃菜,剥掉叶子丢给它。她一转身,不经意望见亭子的檐角,那上面有块瓦碎了,掉在了地上。她朝前走了两步,看到藏在角落里的球形摄像头不见了。

是谁?她感觉心脏狂跳了几下。天已经完全黑下来,她环视了一圈院子,退后几步,转身走进屋子。

24

没过多久,院子里传来鹅的嘎嘎乱叫。宽宽跑到窗前,看到鹅跃到了凉亭的栏杆上,正在惊慌地扑棱翅膀。

"它飞起来了!"宽宽把脸贴在窗户上朝外张望,"我就说它会飞!"他拉开门要往院子跑,被于玲拽住了。

"别吓它,那样它就再也不能飞了。"

于玲把宽宽送上楼洗澡,让黄小敏陪着他,还给他们找了两把水枪,可以在浴室里打水仗。她一个人走下楼,站在通向后院的门前,观察外面。那只鹅已经不在凉亭上,它跑到了院子另一边,但还在扑棱翅膀,伸长脖子看着凉亭那个方向。

于玲来到厨房,喝了一杯水,打开抽屉,翻出一根擀面杖握在手中。她来到客厅,关掉灯,推开门走入院子。鹅正挺着胸脯准备朝凉亭进发,看到她横冲出来,站住了脚步,然后迅速掉头,摇晃着屁股退回墙根底下。外面的空气清冽,湿漉漉的夜色包围着那棵高大的玉兰树。一阵风吹起,树叶发出簌簌的响声。于玲踮着脚绕过假山,走到凉亭的背后,有个人蜷缩在那里——就在她看到那人的同时,那人一跃而起,将一个包袱似的东西丢向于玲,随即撒腿要跑,于玲早有准备,一把将那人拽住,抡起擀面杖挥下去,一棒打在那个人背上。那人发出一声惨叫,是个女人。

"是我啊!"在昏暗的月光下,那个女人奋力拨开额前的头发,露出自己的脸。

"是我,于玲,是我啊。"

于玲看到,在她面前的是女主人秦文。

秦文跟着于玲走进屋子。秦文走得很慢,她的右腿有点瘸,那只裤腿上划了个大口子,半脱落的裤脚拖在地毯上。上身穿的是她很喜欢的一件深绿色丝绸衬衫，很多地方已经勾丝，翘着长长短短的线头，胸口有一片因汗渍退去留下的白印。她的头发因为打绺，而且沾上什么黏糊糊的东西的缘故，都贴在头皮上，这让她的脸型看起来非常奇怪，近乎是菱形的。她停在沙发边，手撑住靠背，眯起眼睛，像是在适应室内的强光。

"怎么了，不认识了？"当她看到于玲正在打量她的时候，就凄凉地笑了笑，但马上绷起脸，挑高眉毛，"那只鹅！从哪里跑来的鹅？"

"宽宽闹着要的。你要喝点热水吗？"于玲说着就朝厨房走去。

"宽宽呢？他好吗？"秦文在身后问，那声音带着委屈，好像就要哭了。于玲告诉她宽宽在楼上，然后问秦文是否要叫他下来。

"等一下吧。"秦文说，"我先去洗把脸，我这副样子别把他吓着。"她一瘸一拐地走进了洗手间。于玲想这大概只是一种说辞，是她自己无法接受以这副模样出现在孩子面前。

她承认，当秦文一瘸一拐地从后院走进这屋子的时候，她心里在想，这太悲惨了，她怎么能受得了呢？其实比她悲惨的女人，于玲从小到大见过、听过太多了，疯的哑的，被买回来当媳妇、用链子拴着的，"女人就是这样，给她什么样的生活她都能过。"她母亲喜欢在谈论完那些悲惨的女人之后，以这一句作为总结，语气略带嘲讽，又不失骄傲，但也可能只是在陈述一个事实。然而，秦文不是什么生活都能过的人。于玲站在饮水机前，想到这些年在网上看到过不少官员被抓之后妻子自杀的消息。那些妻子无一例外地选择了死在家里，她们把自己关在一个很小的房间里，向高处抛一根绳子，或是用刀片划开动脉。于玲回忆着洗手间里的陈设，以及盥洗池下面的柜子里有没有锋利的东西，匆匆忙忙地按下饮水机上的停止键，拿着半杯水走了出去。

秦文已经坐在餐桌前，正把宽宽盘子里剩下的半块牛排送进嘴里。她的腮帮鼓着，咀嚼得很费力，肉汁从嘴角流下来，挂在下巴上。她又把黄小敏准备留作消夜的那盘叉烧肉拉到面前。她用沾满油渍的手接过水杯，喝了一口就呛到了，开始剧烈地咳嗽，整张脸涨得通红。于玲走过去拍打她的背。过了好一会儿，她才镇定下来，但是从那双通红的眼睛里溢出的泪水却没有消失，反倒越来越多。她在哭，双手捂住脸。

"我是走回来的，我身上没有钱，他们不让我上长途车，搭车也只能搭一段，其他时候我都得自己走，夜里我也走，只要醒着我就走，我的鞋子坏了，脚上全都是水泡……前天下了一天雨，我一直躲在一个桥洞底下，那里有四五个在那一带要饭的，其中一个女的还带着一个截肢的残疾小孩。我想换个地方睡，可是实在走不动了，后来我睡着了，梦见宽宽和那个孩子变成了一个人，身子是那孩子的身子，脸却是宽宽的，他还用宽宽的声音说话，问我：妈妈，你怎么啦？我醒过来时哭个不停，我真的担心宽宽出了什么事。"她泣不成声地伏在桌子上。过了一会儿，她抬起头，握住于玲的手，"你不知道，我回到这里的时候，看到这房子里面有人，心里有多激动……我真怕你丢下宽宽一个人走了。"

"怎么会呢？"于玲挣脱了秦文的手，"你从哪里走回来的，你不是在香港吗？"

"我不敢坐飞机，就从罗湖过关到深圳，亚飞被带走以后，银行卡全都被冻结了，我提不出钱，只能用手机里的零钱包，跟一个人转账换出来五百块现金。但是手机都有定位，我不敢再用了，手机卡也扔了。后来一路坐长途车，到天津的时候，钱全花光了。"

"亭子上的摄像头是你砸的？你觉得有人监视这个房子？"

秦文压低声音，"我不能让他们知道我回来了，不能让任何人知道，明白吗？"

她们身后传来黄小敏的声音。她哼着歌，从楼梯上走下来。

25

秦文快速从座位上站起来，想往门口跑，却给那只伤腿绊住了，同时黄小敏的装束也让她感到困惑。黄小敏裹着浴袍，庞大身躯周围缭绕着一团水汽，脸颊绯红，头发在头顶上挽成一个小髻。粉色的大耳垂悬在面庞两侧，看起来像个菩萨。

"这是谁啊？"黄小敏打量着秦文，语气显得漫不经心。于玲告诉她，这是宽宽的妈妈。

"哇噢。"黄小敏吐了一下舌头。

秦文看向于玲，等着她履行另一半介绍的职责。

"妈妈！"男孩出现在楼梯拐角处。

秦文定住了，一动不动地立在原地。她转过身时，男孩已经跑下来，湿漉漉的头发上还带着水滴。

"宽宽！"她蹲下身，张开双臂，把男孩搂在怀里，两行眼泪唰地落下来。"你还好吗，我的孩子？你好吗？"她捧起他的脸，在他的额头上亲吻。

"我很好，妈妈。我有了一只天鹅。你要看看它吗？"

"哦，天鹅，很好。我好像在院子里看到它了。"她的目光在宽宽的脸上上下移动。

"但你还没去过天鹅旅馆。"男孩得意地说，"就在那边，你要去看看吗？"

"我现在暂时先不看，妈妈有些累了，晚点去看行吗？"她捏了捏男孩的胳膊，"孩子，你好像长大了。"

"对，妈妈，你说得没错，我是上周日长大的。就是那天遇到了天鹅。司机叔叔那里还有一车的天鹅，妈妈，我想把它们都救出来，你觉得可以吗？"

"行啊。"母亲疲惫地站起来，目光落在黄小敏身上，又恢复了警惕。这个女人穿着的是她的埃及长绒棉的浴袍。她一定用了她的按摩浴缸，身上还带着她在巴黎买的橙花味沐浴露的香味，可是她的头发还在滴水——为什么不试试大理石盥洗台上的那只负离子吹风机呢?

"我是于玲的朋友,过来帮忙的。"黄小敏说,"宽宽发烧了,她走不开,我就替她跑跑腿、买买东西,哦对,还买了宽宽爱吃的点心——死贵,钱是我垫的!"

"噢,你发烧了!"秦文又把男孩搂在怀里。但这一次男孩很快挣脱出来。

"既然你回来了,人手就够了,我也该走了。"黄小敏冲秦文摆了摆手,"你不用感谢我,一来是因为我和于玲的交情,二来我确实和宽宽这个孩子投缘。怎么说呢,就算我们是在大街上遇见,也会成为好哥们的。"她用健壮的手臂拢住宽宽,往自己的怀里一夹,下巴蹭了蹭宽宽的脸颊,在他身后做了个拧发条的动作,又冲着他的屁股拍了两下。宽宽像个火箭似的弹了出去,绕着屋子跑了两圈,然后直挺挺地倒在地上,以此宣告自己的电量已耗尽。

"怎么会发烧呢?"秦文转过头看着于玲,"这么不小心,可不像你做的事。"她的语气里带着责备,还有一丝惋惜,似乎在为对方将一件简单的事搞砸感到不可思议。于玲心想,她期待的回答是什么呢?对不起?反正做任何解释都是不明智的,一旦被她责备的人试图解释,她就会露出失望的表情,摇着头告诉那个人,她不想听这些,这些对她来说毫无意义,"我只是希望你认识到你犯的错误,明白吗?"至于她自己是不会有错的,她就像是从一个高等星球掉落下来,不得不和这些充满缺陷的人生活在一起,并将帮助他们成长当作自己的一项职责。不过听到这熟悉的口吻,于玲反而松了一口气,一个还有力气指责别人的人,是不会自寻短见的。

"你该睡觉了。"于玲把宽宽从地上拉起来。宽宽挣脱了她的手,跑到走廊的尽头,一只手偷偷拉开了踢脚线边的小门上的挡板,那是之前于玲关上的,为了让鹅待在外面。然后宽宽提出要在帐篷里睡,秦文马上否决了。她说那样一定会再着凉。无论宽宽如何向她保证自己会盖好被子,甚至愿意穿上厚重的睡袋,她都不答应。男孩黏在妈妈的腿边,拽着她的胳膊来回荡。

"妈妈,求你了,妈妈。"

"不要再逼我了！"秦文突然大声喊道，把她自己也吓了一跳。她花了一点时间，让自己平静下来，然后抓起宽宽的手低声说："孩子，你爸爸遇到了一点麻烦，现在要靠我和你——"她的眼泪簌簌掉下来，落在男孩的手背上，"你要是想帮爸爸，就快点上楼去睡觉行吗？"

男孩跟着于玲上了楼。他忽然变得很安静，没有再问于玲任何问题。洗漱完毕后，他换了睡衣上床躺下，仰脸看着天花板。过了一会儿，他开口说：

"小敏阿姨说她妈妈生病的时候，我爸爸帮了很大的忙。我爸爸是个好人，对吗？"

于玲不知道怎么回答。男孩闭上了眼睛。他胸脯随呼吸一起一伏。于玲知道，他再也不会像从前那样，把自己的想法全都告诉她了。她把手放在男孩的手上，轻轻握了握，将被子拉到男孩的下巴底下。

26

黄小敏站在二楼的走廊里,已经换好了衣服,拿上了她的行李包。

"她长得真的很漂亮,和胡亚飞还挺般配的。"她们走下楼梯时,黄小敏感慨道。

秦文仍旧坐在桌边,注视着她们走下来。于玲不想多做解释,径直带着黄小敏朝大门口走去。她们听到秦文在身后说:

"我从不反对你跟人聚会,也一直说,你休息的时候可以带同乡来玩,但这毕竟是一份工作,任何工作都有工作的准则,这份工作就是一切以孩子为首要——"

黄小敏停住脚步，把行李包往地上一搁，转身走回来。她绕到桌子的另一头，从水果篮里拿出一个李子，咬了一口。

"你干过工作吗？我是说那种通过付出自己的劳动换来报酬的工作？"

秦文的脸变白了，"我想你应该走了，你说你帮助了我的孩子，我很感激你。不过我相信你在我家也得到了不错的'招待'。现在我很累，需要休息。于玲——"

"我从小到大最烦别人告诉我应该怎么做。"黄小敏吃完李子，瞄准垃圾桶，将果核投进去，搓了搓手，拉开椅子坐下，"嗨，我说，警察知道你在这里吗？"

秦文的嘴唇抽搐了一下，"你在说什么，我听不懂。"

"新闻里说的你也听不懂吗？打开电视看一看。你爸被抓了，你丈夫也被抓了，现在他们应该正在到处找你。"

"他们为什么要抓我？"秦文立即反驳，"我什么也不知道。"

黄小敏又从果篮里挑出一颗李子，将它像颗球那样掂在手中，左手抛给右手，右手再抛回来，同时转过头笑着对于玲说:"她说她什么也不知道,你相信吗?她住在这么大的房子里,每天什么都不用干,睁开眼就有人把饭端上来了,还有人帮她照顾孩子,她自己想去哪里就去哪里,这样的生活到底是怎么来的,她就不问问吗?是从天上掉下来的?那为什么没有砸到我们呢?"

"你到底想干什么?"

"我还没想好,但我现在不想走,你说你家把我'招待'得不错,那我想再喝点东西,没问题吧?不是有很多葡萄酒吗?"

"你去帮她拿一瓶吧。"秦文对于玲说。

"你去拿。"黄小敏说,"现在这里人人平等,哦不,你的地位还要低一些,毕竟你犯罪了,我们没有。"

秦文站起来,问黄小敏想喝什么样的酒。红的还是白的,干一点还是酸一点。黄小敏并无偏好,却煞有介事地选了一通。

"带点果香,但不要太多。"

秦文一瘸一拐地朝酒窖走去。她走得很慢,走到一半回过头来说:

"我没有犯罪。"

黄小敏拍拍自己旁边的椅子,热情地招呼于玲坐下,低声说:"就该杀杀她的威风,这种感觉真好,你不觉得吗?"

于玲没有说话,稍后她意识到这代表一种默许,甚至是一种支持。秦文在她们的注视之下,打开那瓶红酒,倒进杯子里,然后拿着杯子绕到桌子的这一侧,放在她们的面前。

在那些有客人来的日子里,于玲经常会被征用,在桌边给大家倒酒,她知道要把酒先倒入醒酒器,也知道勃艮第和波尔多的酒用不同的杯子,还知道那种叫贵腐的酒是餐后配甜点的。对于几个常来的客人,她甚至了解他们喝酒的习性。有的人说不要了意味着还可以再来一点,有的人要求把自己的酒杯倒满,但绝不能依从他的心愿,否则用不了多久他就会吐出来。那么多夜晚,她举着醒酒器围着这张桌子转圈,从来没想过有一天她会在桌边坐下来,面前有一杯属于她的酒。她为什么要想这个呢,酒又不好喝,而她还有那么多远比这个更殷切、更重要的愿望。但是今晚那些愿望都不见了,她什么也不用去想,她坐在这张光亮的长桌前,面前是秦文给她倒的酒。根据她已经掌握的知识,现在她应该摇晃几下杯子,那些血浆色的液体将会像攀岩者一样,冲上光滑的杯壁,并努力将自己留在上面。留的时间越久,它们的价值就越昂贵。

于玲的头脑中出现那些宾客齐刷刷地摇晃杯子的模样,好像每个人手里都摆弄一个属于自己的水晶球,将未来玩转于股掌之上。现在这些客人在哪儿呢?

"说吧,你为什么会回来?"黄小敏用一种审讯的语气问。

秦文小声说:"这里是我的家啊。"

"这种时候还有家?你应该躲在酒店里——网上说香港有的酒店,整层楼住的都是跑去的官员。"

"我说过了,我什么也不知道。"

"出了事就把责任全推给别人,一点担当也没有,我真替你爸和你丈夫感到悲哀。我再给你一点时间,坦白从宽,你要是认罪态度好,我看在宽宽的面子上,可以考虑放你一条生路。"黄小敏喝光了酒,把杯子推向秦文,示意对方给自己添满。"我尝不出好坏,你能吗？"她偏过头问于玲。

"你是不是没把最好的酒拿出来？"黄小敏生气地说。

秦文的眼神里流露出茫然，似乎听不懂黄小敏的话是什么意思。她坐得很直，一只手紧握着醒酒器，好像那是个没绑绳的气球，松开就会飞走。过了一会儿，就在没有人期待她会说话的时候，她开口道：

"你问我我的生活是怎么来的，我确实不知道。"她笑了笑，似乎为此感到抱歉，"它当然不是一下子朝我砸过来的，而是一个很缓慢的过程，不知不觉就变成了这样。"她抿起嘴，似乎在回忆，"我记得上小学二年级的时候，我的班主任忽然对我很好，让我当班干部，让我当升旗手，体育课我没去考试，但是成绩仍旧有。后来有一天放学她把我留下，说她爱人想调到区教委，问我能不能让我爸爸跟教委主任打声招呼。那事办成以后，老师对我当然是更好了，有时候有点好得过头。但是我也没辜负她，为了让自己配得上她的偏爱，我很努力地学习，成绩越来越好，同学们都喜欢跟我玩。"

黄小敏冷笑了一声，"你试试你爸如果不是大官，他们还喜不喜欢跟你玩。"

"当时我爸爸并不是什么大官，他只是个市长秘书，而且没人认为他将来能当大官，因为他有点书生气，为人很清高。不过等我上初中的时候，我爸爸就真的成了个'大官'，有了自己的秘书。因为他太忙了，所以我有什么事都找那个姓杜的秘书。听完我的要求，他一般会有两种反应：一种是告诉我没问题，一种是让我等他消息。等消息的意思是去请示我爸爸。他替我做过作业，给我开过家长会，帮我买过卫生巾。因为他是生活秘书，所以家里的事都要管，有点接近英国的管家。但管家是永远不可能成为主人的，秘书随时会变成领导。杜秘书后来就跟着我爸爸一路高升，有次我在一个剪彩仪式上看到他，胖成那样，都不敢认了。但我也会想，我爸当秘书的时候，是不是也跟杜秘书一样，被领导家的孩子使唤过？那孩子会不会再看到他，也觉得他像是变了一个人？"秦文蹙起眉头盯着前方的某个地方，像是要把什么东西看清楚，"我后来想，英国管家为什么那么有尊严，因为他永远不用盘算着成为主人。"她看了于玲一眼，"好吧，我知道这么说不公平。我的意思是,如果人能少一点欲望,会更幸福。"

"这句话应该送给你自己。"黄小敏用力在杯子边点了两下,示意她倒酒。秦文立即站起来,似乎对她的新角色适应得不错。她主动给于玲的杯子也添了一些酒。

"我的欲望多吗?很多东西我并没有想要,但它们很自然地出现在了我的手边。而我真正想要的东西,从来都得不到。我曾经想用我拥有的全部东西,换我妈妈不死,能实现吗?"她垂下眼睛,嘴角向上牵动了一下,像是在品尝什么很苦的东西。

"她有先天性心脏病,生我冒了很大的险,身体一直病恹恹的,但我还是不相信她会死。当时我上初二,从寄宿学校赶到医院,那么多医生围着她,给她会诊,向我爸爸保证情况在变好,怎么就没把她救过来呢?"她压低声音说,"我心里总有一个阴暗的想法,就是我爸爸根本没想把她治好,他允许他们把她放走了。因为他早就有了再婚的人选。对方是个女干部,他说这是组织上的意思。也许真的是吧,不然谁会爱上女干部呢,她们一路上来得看多少男人的脸色,哪里还有什么是真正属于自己的东西?不过我爸爸倒也并不在意,女人对他来说都差不多。所以他在男女问题上,倒是没落下什么把柄。你们别误会,我对女干部本人,其实没什么意见,我们相处得还可以,井水不犯河水吧,不过我上完高中就出国了。"

"嗯,你去了美国。"黄小敏说。

秦文露出诧异的表情,似乎在奇怪黄小敏为什么会知道,但她没有停下,而是继续沿着自己的思绪讲了下去。

"说说你们最关心的问题。钱。我是到美国才开始对钱有概念。那个时候,我忽然意识到自己比别的留学生富有很多。他们只能租得下一个房间,我可以租一整个house。钱不是我爸打给我的,而是另一个伯伯。起先我用的时候有点不安,但是很快就习惯了,毕竟我从小学二年级就开始接受这个逻辑:我爸爸帮别人一个忙,别人给一点回报很正常。何况这点钱对那个人实在不算什么。从那之后,钱的事我就不太去想了。对穷人来说,钱是个个人问题,对有钱人来说,钱是个家族问题，一个家庭里有人和钱打交道就行了，不用太多。太多反而会出乱子——这话是我爸爸说的，虽然现在他失利了，但他极其聪明，要不是这次运气太差，我相信他的敌人根本斗不过他。再具体的，我真的不知道。因为我爸爸不让我碰政治。这有什么难理解的吗？他觉得女人糊涂，会把事情弄砸。所以你也可以看成这是他对我的保护吧。后来有了我丈夫，生意上的事，从来都是他们两个商量。每次他来我们家，他俩就到书房关起门来谈事，有时候我觉得胡亚飞是我爸爸的孩子，我自己倒像个外人。"秦文长吸一口气，抬起手，将脸庞边的一绺头发，别到耳朵后面。

"可是胡亚飞并不是你爸的孩子，如果不是因为你，他不会卷入你们家的事情里，现在还是好好的。"黄小敏说。

秦文大笑起来。她笑得无法停止，眼泪涌了出来。那只醒酒器在她的手中剧烈地晃动，液体冲到瓶口，在那里打转。

"这是你的想法吗？是你告诉她的吗？"秦文看着于玲，"你在为胡亚飞鸣不平？"

"就这样,你还对你的丈夫不满意。"黄小敏继续说,"你是觉得他做生意太庸俗,配不上你了吗?"

秦文脸上的笑逐渐消失,眼神变得很落寞。

"也许我现在确实没有过去那么爱他了,时间会磨损很多东西,也会让你改变对一个人的看法。不过即便如此,我爱他肯定还是比他爱我更多。"

27

"我对他是一见钟情。当时我去朋友家参加派对,一走进门就在人群里看到了他。他整个晚上都很安静,但是谁也无法忽略他。他的样子不能说是特别帅,但就是有种魔力,让你总想看着他。"

于玲看见黄小敏在悄悄点头。

"他比我大五岁,工作了两年才来美国读硕士,学的是金融。他很喜欢艺术,我们开始一起去看展览,当然也有别的朋友,但我的心思都在他身上。有天我们去 MoMA 看爱丽丝·尼尔。站在那些肖像画前,我突然有一种冲动,决定大胆追求自己的爱情。从美术馆走出来,我向他表白了。他听完沉默了一会儿,说事情来得有点突然,他需要考虑一下。然后他就消失了,整整一个月一点消息也没有。就在我觉得我们彻底没戏了的时候,他出现了。他说他意识到自己也爱上了我。就这样,我们在一起了。"秦文停下来,似乎在回味当时的情景,她的眉头一点点舒展开,隔了一会儿才说,"那段时间我真的很快乐。不,应该说,我觉得自己是世界上最幸福的女人。"她笑起来,"但是女人一旦产生这个想法,就离倒霉不远了。因为太蠢了。"

"很快他就毕业了,在美国找不到工作,让我陪他一起回国。对我来说这不是一个很容易做的决定,因为我不想一直生活在我爸爸的羽翼底下,当那个衣食无忧的傻公主。但我还是跟他回来了,并且带他去见了我爸爸。我爸爸一直希望我找个家境差不多的丈夫——在海外,我们这样背景的人,有一个小圈子,大家不仅知根知底,还能相互扶持。胡亚飞来自一个普通工人家庭,我爸当然很不满意。我就是喜欢看我爸爸的希望落空,这种感觉奇怪吗?因为他太霸道,所有人都活在他的意志之下,违背他的意志能让人感觉到自由,就好像从如来佛的手指缝里飞出来一样。

但是没过多久我发现,我爸爸也开始欣赏他了,夸他勤奋好学。有一天晚上吃完饭,我听到我爸爸问他有没有兴趣去一个公司上班。他表现得很矜持,但我看得出他求之不得。虽然这些事情跟我想的不一样,但我还是很爱他。直到我们要去结婚的前一天,他才告诉了我一件事。原来他结过婚,妻子在南宁,他们还有个孩子,在我向他表白之后,他飞回国跟她办了离婚手续。他向我保证一切都解决得很好,孩子归女方,让我不必担心。我感到震惊,忽然意识到我的家境在我们的关系里扮演了某种角色,但是我很难在那个时候离开他,你们能明白吗——毕竟我是赢家,当你赢钱的时候,是很难离开牌桌的。我爸爸也劝我接受他。慢慢地,他们在生意上已经绑在了一起,我爸爸认为,对他忠诚比对我忠诚更重要,或者说,只要对他忠诚,就会对我忠诚。"

秦文把醒酒器放在桌上,歪着头看着瓶中的酒,"婚礼在法国南部的一座古堡举行,那天早晨,我丈夫牵着一匹马从远处走过来,将我抱上马背。我们穿过有潺潺流水声的山涧,来到一座建在坡道上的小教堂。一切都和我曾梦想过的婚礼一模一样。稍后一位牧师主持了我们的婚礼，他在当地好像特别有威望，但不知道我为什么，我总觉得他长得像个演员。他俯下身的时候，我看到十字架在他胸前摇摆，很想伸手一把将它撸下来。可怜的老牧师，他有什么错呢？"

"啊，这是一个陈世美的故事？"黄小敏问。

"不，这不是。要有一个陈世美，必须先有一个秦香莲。但是我们的故事里没有秦香莲。这是一个皆大欢喜的故事。他的妻子一点也不恨他，离婚甚至是她的提议，她支持丈夫跟我结婚，她家和我丈夫家都是大家庭，各自有好几个兄弟姐妹，要靠他们扶持，这桩婚姻无疑能给所有人带来好处。后来胡亚飞说，他的前妻深明大义，呵，想想这个词吧，它让女人把自我牺牲当成是一种荣耀！但是真有女人愿意活在这份幻觉里，以此为骄傲！"她停顿了一下，似乎来到了这件事里最苦涩的部分，下意识地抿起嘴角，"我觉得他们很相爱。他们的婚姻能够被终止，但他们的感情不能，离婚反倒让他们的关系变得更坚固。后来胡亚飞在广西发展了很多生意,自己全都躲在幕后,让他前妻的弟弟妹妹来打理,他的前妻也不怎么参与,她把时间主要花在照顾孩子和父母上——还有他的父母,在他们眼中,她可能依然是他们的儿媳。她说话大家都得听,就像整个家族的大家长,她很受人尊敬。胡亚飞每隔一段时间就会回去看他们,当然他会说那是责任,但其实那更是他的需要,只有在回广西的时候,他才能做回真正的自己,真的放松下来——我经常觉得,他只是在扮演我的丈夫,这是一份工作,因为待遇不错,所以他无法拒绝。每次他回广西我都会调侃他,怎么了,你又要休假啦?他知道我心里鄙视他,但他并不在乎,直到有一天他发现,他的儿子也瞧不起他。"秦文看着于玲,"你也发现了吧,只要是他爸爸给他安排的东西,宽宽一概都不要。他总是不假思索地去反对他爸爸,喜欢激怒他,或者看他出丑。可是没有人教他那么做,不,不是我,胡亚飞高估了我对孩子的影响力。其实对宽宽来说,我们都没有那么重要。"她用那双浮肿的眼睛看着于玲,"于玲,我真的很嫉妒你,宽宽和你那么亲密。"

秦文的目光落在正前方的那幅画上。画上的女人用一只手臂绕过孩子的肩膀，紧紧地揽住了他。她忽然晃了一下肩膀，回过神来。

28

"刚才有个白影儿,那只鹅进屋了?是我看花眼了吗?"

"它现在可是这里的贵客,出入自由,大摇大摆!"黄小敏的脸已经通红,眼睛里布满了血丝。她摇摇晃晃地站起来,跑过去追那只鹅,在沙发和茶几之间绕圈。最后,鹅躲到了花盆后面。黄小敏弯腰从地毯上捡起一个乐高块,瞄准鹅的脑袋扔了过去。鹅扑棱着翅膀,发出两声尖锐的鸣叫。

秦文站起来,"酒没了,我再去拿一瓶。"

"她不能再喝了。"

"谁说的?"黄小敏朝餐桌这边走来。

秦文取回酒，从餐边柜里拿出一只新的醒酒器，将它倒进去。

"所以这个前妻，就是网上说的那个情妇？"黄小敏把手肘支在桌上，托住自己的头。

"什么情妇？"秦文的脸色变了。等到黄小敏说了更多信息，特别是她名下公司的名字时，秦文的神情才缓和下来，说就是他的前妻。

"你见过她吗？"黄小敏问。

"没有。我应该见吗？"秦文说，"我一次广西也没去过。也许那里才是他真正的家，这里只是个复制品。有时候，我听到他打电话，好像是在拍卖会上买了古董家具，但是它们并没有被送到家里，那么是去了哪里呢？"

"那你干吗不离婚呢，"黄小敏大声说，"有谁拦着你吗？"

秦文平静地看着她，"我提过。宽宽出生没多久，我就说我们应该分开，既然在一起并不幸福。但是胡亚飞笑着说，我们的生活很好，他看不出有什么问题。他认为一定是因为我看了太多女艺术家的传记，总是想让生活充满戏剧性。他经常半开玩笑地说，亲爱的，你觉得除了我，还有谁受得了你呢？在我愤怒时，在我难过时，在我嫉妒时，这句话就像一种催眠，渐渐地我相信他说的是对的，没有人受得了我。"

"但他还是支持我的，一直要为我办个人画展——"秦文冲着于玲笑了笑，"没错，画展，你一定听了不知道多少次，他会请国外最资深的策展人，场地选在最好的美术馆，所有有头有脸的人都会收到请柬，开幕仪式盛大无比，全部作品转眼就卖光了。需要媒体报道吗？有。需要著名艺术家推荐吗？没问题。需要被重要的美术馆收藏吗？能实现。作为一个刚起步的画家，我和别人最大的不同就是，我未来的道路上只有成功！是不是很棒？所以我的丈夫不理解，我究竟为什么不能快点把剩下的作品都完成。那个画展就像一个他始终送不出去的礼物。"

"可是当我拿起笔坐在画布前，想到这张画最终的去处可能是我认识的某个俗不可耐的商人家的地下室的时候，顿时觉得一切毫无意义。不，他们不会挂的，因为我没有名气。对他们来说，没有名的东西就是不好的,何况他们买画完全是为了讨好我父亲或者我丈夫,谁会想把这种谄媚贴在脸上呢?但是他们也不敢扔,万一我和丈夫去他们家做客,他们还得临时挂一下。所以地下室是最好的选择。我还会想到,当我向那些来看画展的人介绍我的画时,他们做出一副专心倾听的样子,其实早就已经走神。有谁真的关心我想表达什么吗?有谁真正相信我有才华吗?你信吗,于玲?"

"我看不懂画。"于玲回答。

"你以前在我工作室的时候,经常一个人翻看画册。"

"我只是在整理它们而已。"

"不要不承认了,你喜欢看画,我知道。但你不喜欢我的画,你心里肯定经常想,她一点才华都没有!"

"我不知道什么是才华,也顾不上想这种问题。"

"但是于玲,我跟你说,你错了。也许你不相信,我上大学的时候,就被一个画廊签下了,还参加了一个群展,策展人称我是冉冉升起的亚洲新星——我还留着那本展览手册呢!我当然不是什么天才,我的才华也不是很大,但确实有一点。只是它后来——没有了,或者说还有，只是我找不到了。"

她盯着对面墙上的画，喃喃地说："我多希望我的生活里只有艺术啊。"

于玲说："这个想法很自私，你还有宽宽。"

"要是爱丽丝·尼尔知道你这么说，她会说，去他妈的孩子！"秦文说。

"你应该去美国，"黄小敏忽然说，"那里会有人喜欢你的画。"

"是吗？你这么觉得？"秦文看着黄小敏摇了摇头，"可是太晚了。"

"太晚了？"黄小敏咕哝着，眼神迷离地看着前方，脑袋忽然毫无征兆地向前一栽，趴在桌上。不一会儿，洪亮的鼾声响起。

另外两个女人仍旧坐在她们的座位上，谁也没有动。一道闪电从窗外划过，天空骤然变白，几下沉闷的雷鸣，从很远的地方传来。紧接着，外面响起哗哗的雨声。

秦文眼睛盯着桌面上的一道木纹，开口说："对不起，我不该说去他妈的孩子。我的孩子很可爱，你把他照顾得很好,这些年幸亏有你在。"

"我不在这里,又能去哪里呢?"于玲回答。她感觉到血液涌上头顶。

秦文怔了一下,笑了笑,"需要你的地方多着呢。吴太太后来还总是问起你。"

"离开了这里,我就别想找到工作,你是这么告诉我的吧?因为你手里握着我的把柄。"

"我只是想让你留下来而已,我没有什么把柄。"

"你装什么糊涂?我撞死了一个人。"

"可那不是你的错啊。"秦文用一种坚定的声音说。

于玲感觉自己的喉咙一松,发出了一声呻吟。那个声音轻而短促,刮着她的口腔冲出来,像根极细的鸡骨头。

"开车的人是你爸爸。但你也在车里,而且有驾照——是刚考的吧?所以你顶了他的罪,坐了三年牢。你妈妈后来想找人给你销掉这个记录的时候,说过真实的情况。"

"两年十个月。"

"是的,你在里面表现很好,你做的掐丝工艺画还得了奖。其实我全都调查清楚了，可是我故意没有告诉你。对不起，于玲，我太坏了，我应该向你道歉。"

"你替你爸爸顶罪的事，不是什么把柄。但它确实反映了你的弱点——你总是会为了别人牺牲自己。坦白说，我的确很想利用这个弱点——原谅我的自私，可它难道不是保姆应该具有的品质吗，一个保姆必须把自己的生活建立在别人的生活之内，就像画中画——在一幅画里出现的画，你有没有离近了看过它们？要是你看过，就会相当惊讶，因为它们实在是太简陋了，像是一些没有发育好的器官。要是不能有一点奉献精神，怎么会在这种生活里待下去呢？这些年，你对宽宽付出的感情，远远超过了一个保姆，我难道看不到吗？你以为我只嫉妒你占据了宽宽的心吗？我也嫉妒宽宽从我这里夺走了你！你的眼里就只有那个孩子。但我也以此说服自己，至少你过得很开心，每次我看到你和宽宽玩得那么快活，我都会想，至少于玲也得到了一些东西，并不是我在勉强她。"

于玲身体后倾，靠在椅背上。她抽出那只被秦文握住的手，抹掉了脸上的眼泪，吸了两下鼻子，从座位上站起来。

"我把她送上去。"她从椅子上拉起醉醺醺的黄小敏，将她的手臂绕过自己的肩膀。

29

于玲把黄小敏安置在二楼的客房。下楼的时候,她听到雨还在下,楼梯拐角的小圆窗户上沾满了水珠。那些雨滴不断撞碎在玻璃上,好像只为了知道自己的内里是什么做的。持续的雨声环绕着这幢房子。室内的空气很潮湿,滋生着一种强烈的倦意。

于玲的目光从窗外回到室内,她忽然发现,桌边椅子少了一把。接着,她听到哐当一下,某个重物砸在地上,然后是几声鹅的鸣叫。她的视野里只有那张餐桌,桌上摆着酒杯、醒酒器、果篮和花瓶,芍药在瓶中怒放。她停下脚步,没有勇气往下走。她害怕自己会看见高处悬挂的绳子,她害怕那双对什么都挑剔的眼睛永远地闭上了。桌上的玻璃器皿发出明晃晃的光,让她想到那个夜晚,她透过挡风玻璃看到的在地上滚动的瓶子。当时她在心里祈祷,希望被撞倒的人不要死去。只要他不死,她愿意拿自己的某样东西作为交换。她的确这么做了,站出来为父亲顶罪,但或许太迟了,交易没有成功,她什么也没有换回来。然而现在,她愿意再谈一笔交易,她在心中祈祷秦文不要有事,只要秦文没事,她可以为之作出某种牺牲。牺牲什么?能是什么呢,她有的不多。但是如果能行,她可以再给一些。她的思绪只能笼统地停留在"一些"上,不敢仔细想下去。与此同时,理智追赶上来,督促她快点下去——才过去这么短的时间,人多半还有救呢!

于玲奔下楼梯,看到秦文跪坐在餐厅的地上,面前是那幅爱丽丝·尼尔的画。画框摔碎了,几块碎木头片散落在地毯上。于玲松了一口气。当秦文自言自语地感叹两年前才换的画框为何那么不结实时,她几乎想半开玩笑地说,那个画框店的老板总是偷工减料,早就应该把他换掉。

秦文把那几块碎画框收集起来,里里外外看了一番,然后把它们放下了。接着她拿起那幅画翻了个个儿,将它倒扣在地上,画中那个惊恐的女人,脸贴住地面,像是被缉拿的匪徒。她搜身一般把画后面的木板仔细摸索了一遍。然后从腿边拿起一把准备好的剪刀。

"今天的事跟谁都不要说,好吗?"她开始用剪刀尖去撬将画框和木框连在一起的包角片。剪刀头不够尖,没法伸进去。只揩下一些碎木屑。

"你要干什么?"于玲问。

"有斧子吗?"秦文从地上站起来,径直走向厨房。再出来时,她手上提着一把刀。刀身细长,呈暗银色,是胡亚飞从京都带回来的匠人特制的刀,用它可以切出薄得透明的鱼片。秦文回到画跟前,将刀尖伸进木头。于玲走上前想帮忙,秦文警惕地停下来,用眼睛的余光观察着她,见她没有再往前走才又继续。她握着刀,用蛮力把一块包角片撬下来,两颗螺丝钉掉在地上,像苹果里幼小的蚜虫。画框和画仍旧连着,她开始撬下一个包角片。等她都撬下来的时候,画的内框上已经布满了刀痕。画终于从残破的画框上脱离。于玲以为她会捡起画,可她捡起的却是画框。她直起身子,把画框竖起来,一只手顺着它的内沿摸索。

"不可能。不可能。"她把木框摸遍了,开始用力摇晃它,将它的一条边朝地上磕打,指望能从上面掉下来什么。

"把灯都打开!"

于玲走到墙边,按下开关,餐厅瞬间灯火通明。

秦文盯着面前的地毯上,在迷宫般的鸢尾花图案间搜寻。随后,她似乎不再信任自己眼睛,把手放在地上摸索。

"那天亚飞就站在这里,我们从朋友家回来,他喝了点酒,变得很伤感,说现在大势变了,随时会有危险,我们不能老是抱着侥幸心理,得准备一份保命的东西。他说等他弄好了,会把它放在这幅画后面,万一他出事了,让我到这里来拿。"秦文跪在地上,一点点挪动身体,手掌在地毯上摩挲。

"什么是保命的东西?"于玲问。

"把柄——你刚才不是说到这个词了吗?但我说的是真正的把柄,一个比我爸官位还高的大人物的把柄。那天晚上亚飞说他也许能拿到那个人谈话的一段秘密录音，里面有他试图操控股市的证据。我只需要联系那个人，给他亮一下这个东西，他就必须得出手保亚飞和我爸爸了。"

秦文把那幅画扶起来，让它立在地上，开始用刀去撬绷住油画布的图钉，看样子打算把画布从上面拆下来。

"要是爱丽丝·尼尔知道——"于玲听到她自己说。这是她第一次将一个外国女人的全名叫出来，爱丽丝和尼尔，听起来像是两个名字，一对情侣。

秦文停下来，似乎惊讶于这个名字从于玲口中说出。她皱起眉头看着手中的画，好像它已经不再完全属于自己。过了一会儿，她用冰冷的声音说：

"爱丽丝·尼尔什么也不知道。绘画选择了她，但是没有选择我，而我的家族选择了我。现在我的丈夫需要我，我的父亲需要我。只有我才能救他们。"她像是一头扎进冷水里那样，深吸了一口气，继续用刀尖去挑画上的钉子。

"那天他很反常，不，他很温柔，就像我们刚认识的时候一样，他说我是他在这个世界上最信任的人。"

秦文撬掉最后一颗钉子。那张画遽然从木板上滑落,掉在地毯上。

她手中紧握着木框,因为没有了画,现在它看起来大了很多,就像一扇门。她的头向前探,仿佛被什么东西招引着,要钻进那个木框。她把木框检查了一遍——这并不需要多少时间,它们像剔得干干净净的骨头,然后她又拿起了画,背面朝上,将它摊开。此前包边用的部分,形成一个折角,但是那里显然什么都没有。

于玲看着秦文摆弄着那幅画。很多个宽宽入睡以后的夜晚,她在厨房做面包。当她把面包胚送进烤箱,就会犒赏自己一杯热茶。她握着茶杯在餐厅里游逛,长久地站在这幅画的前面。画中的女人抱着她的孩子,目光中流露出惊恐,这让人想知道她到底看到了什么,是什么在她的前方。现在,于玲看到,在这个女人前方的是另一个女人。另一个女人用力地摇撼着这个女人,让她交出那"保命的把柄"。

"怎么可能没有呢?"秦文转过头来看着于玲,"你帮我看看,是不是我太马虎了,没有看到。"

"那个东西长什么样?"

"我也不知道,应该是个U盘?"秦文说,"但我们也不能大意，没准是一张纸条，上面写着一个保险柜的地址之类的？"

于玲拿起那幅画，她用双手托着它走到沙发前面，将它安放在皮质坐垫上。然后她才回来加入秦文，检查了一番画框，又开始在地毯上找。她们跪在地上，一寸一寸地摸索。随后她们扩大了寻找的范围，因为秦文说画框掉下来摔坏的时候，她好像看到有几块木板迸得很远，所以她们连沙发底下也找了。

"你怎么知道你找的那个东西一定管用呢？"于玲坐直身体，一只手撑在地毯上，"没准大人物根本不把它当一回事。"

"不可能。这种录音要是放出去，能毁了他的身家性命。不止他一个人，他的亲信都完蛋了，你明白吗？所以他们只能按我说的办。"

"就算他这会儿真的按你说的办了，以后不会报复吗？"

"我会跟他们坐下来好好谈判。他们也不想把事情闹大，那样对谁都没有好处。"秦文突然转过头来。

"刚才那只鹅在这里！画砸下来的时候，它就在旁边,还冲着地上啄了好几下才跑的。一定是被它叼走了!"她站起来,环视四周。于玲和她几乎同时看见那只鹅立在发财树的花盆边,正在啄土。她轻手轻脚地走过去,鹅朝角落里移动,在树后面一下下伸缩着脖子,警惕地看着她。

她低头看了看花盆里面,又退后几步,趴下看了花盆底下。最后她扭过头来:

"它吞下去了。"

"不可能。"于玲说,"它不吃那种东西。"

"它怎么知道自己吃的是什么!我亲眼看到,它跑过来,在地上一通乱啄!"

"这只是你的一种猜测——"于玲说,"也许,那东西根本没在画后面。"

"不可能!"秦文走回来,从地上拿起一根绷画布的长木条,上面还竖着一根钉子,她又捡起刀,握在另一只手中。

"你要干什么?"于玲跑过去,拦在她面前,"这跟鹅有什么关系?我说了,也许那东西就没放在这里。"

秦文双眼通红,一把将于玲推开,冲到花盆边。

她用身体堵住朝外跑的路，猛然抡起木板，将锲着钉子的那头朝鹅砸过去。鹅尖叫着腾起身子，扑棱开翅膀，伸着脖子向外跑，秦文举起刀朝着脖子侧面戳过去。鹅发出一声短促的尖叫，抽搐着，鲜血迸溅得到处都是。它发了疯似的要往外跑，但秦文将木板横在花盆上，卡住了它，然后紧握着刀，又朝着它的脖子扎下去。血喷了出来，鹅发出一连串刺耳的叫声，脚蹼在地毯上来回乱刨。它仍想往外跑，但力气比刚才小了，秦文又朝它的脖子刺了两下。

秦文也坐在地上，大口地喘气，眼睛目不转睛地盯着那只死鹅。她等自己平息下来，就踉踉跄跄地从地上爬起来，走过去拎起鹅的脖子，把它的身体翻过来，将那柄刀从中间压下去。她埋着头，在它的腹腔里翻找，双手浸在一汪鲜血里。血不断涌出，润湿了白色的鹅毛，把它们全部染红了。最后，她拿出了一个蛋黄，没有别的了。

她支棱着手臂，双手悬在空中，血滴滴答答地淌下来。

于玲看着鹅的残骸，没有说话。

30

几分钟后,门铃响了起来。于玲和秦文望向彼此。秦文抬起手臂,抹了一下脸颊上的血,平静地说:

"你去打开吧。"

于玲拉开门,看到两个男人站在外面,中等身高,穿着相似的深蓝色粗布夹克,里面都是白衬衫,系着黑色的腰带,腰带中间有个不事声张的银扣。两人的区别是一个拿了把雨伞,另一个没有。没拿雨伞的那个问,秦文在家吗,他的语气不带任何疑问色彩,好像这句话只是一种问候方式。在获得肯定的答案之后,他们马上说明来意,要请秦文回去协助调查。然后他们很自然地走进房子,好像那里并没有门。带伞的那个没有把雨伞放下,可能因为这样会增加一个办事的步骤,然而他们又好像并不赶时间。当他们看到地上的血渍的时候,显得有些惊讶,甚至流露出一种防备的姿态。

"我们杀了只鹅,杀鹅不犯法吧?"秦文从洗手间走出来,已经洗了手和脸。但衣服上还沾着血。

那两个人对着地上的鹅仔细研究了一番,虽然略感困惑,但接受了秦文的解释。

"你们叫我去,是叫我协助调查,我不是罪犯,对吧?那我能跟我的保姆再多说几句话吗?"秦文问。

他们同意了。

"你们坐下等吧。要抽烟吗?"秦文拿起茶几上的烟盒,在手中挥了挥。然后她自己从里面掏出一根,夹在手指间,用烟头朝后院的方向指了一下。

"我们不走远,就在屋檐底下。"她告诉那两个男人,"外面还下着雨呢,对吧?"

她们走到院子里的时候,发现雨已经停了。天空开始发白。月亮还在,细窄的一条。一只喜鹊立在那棵落完了花的玉兰上,用双脚扒住树枝,努力压低尾巴，低到近乎与地面垂直，好像在模仿人类站立的样子。于玲站得很直，好像在给它做示范，她的胳膊垂在身体两侧，双手蜷成拳头。

"你好像有点紧张。你不用紧张，他们要的只是我而已，不会把你怎么样。来一支吗？我知道你偶尔会抽烟。"秦文把烟盒递给于玲，"我对你的了解可能比你想的要多。"

"我们这些人对你来说没有秘密。"于玲说。

"你错了，我了解得再多，你对我来说还是很神秘。每次看着你在那里专注地晒衣服，收拾孩子的玩具，烤甜点，我都会想，她此刻心里在想什么。"

"我在想什么时候可以坐下。"于玲朝秦文举起的打火机迎过去，将那支叼在嘴里的烟点燃了。

"宽宽就拜托给你了，我知道你一定会好好照顾他的。我可能不用去很久，你听到他们说的了，只是协助调查，对吧？"

"对，只是协助调查。"

"但是我也得跟你说实话，我不知道到时候我是否还有钱，能不能付给你工资。但是我会看看我还剩下什么——也许我可以卖掉一些画。"

"不要卖爱丽丝·尼尔。"

"不卖。我把它送给你。"

"你觉得那个把柄——"秦文压低了声音,"有没有可能放在他前妻那儿了?到了关键时候,他还是更信任她?"

于玲深吸了一口烟,用一种严肃的语调说:"我不知道。"

她们继续抽烟。月亮不见了。天空中也没有云,什么也没有,只是一片空白,泛着不易察觉的浅灰色,像刚绷到木框上的一块画布,似乎在等待着有什么东西在上面出现。片刻的沉默之后,秦文忽然笑起来:

"女人啊,好像永远在争一些不重要的东西,真正重要的东西,跟我们一点关系也没有。"她把烟蒂丢到地上,对于玲伸出手,"我们能成为朋友吗?"

于玲垂着眼睛,看起来像是忙于把烟抽完。她的手臂仍旧垂在身体一侧,始终没有抬起。秦文收回伸出的手,落寞地笑了一下,"无论如何,宽宽就拜托你了。"

当她们走进去的时候,那两个人正站在门口等着秦文。门口停着一辆黑色轿车,穿着白色衬衣的司机坐在驾驶座上,将降下一半的车窗摇起。两个男人站在秦文身后,看着她上车,然后带伞的坐到副驾驶座,不带伞的绕到另一边,打开门坐进去。发动机响起,汽车平稳地开动起来,越来越快,消失在路的尽头。

于玲转身走进屋子,合上大门。她快步穿过餐厅,走上楼梯,钻进自己的小房间,反锁上门。她从床上坐下来,望着窗外深吸了几口气,抬起右手,将那只紧握的拳头打开。她低下头,看着手心里的黑色 U 盘。梭形,银色插槽露在外面,看起来像一只镶了金属脑袋的甲虫。她在鸢尾花图案的地毯上摸到了它,随后一直握在手中。拿伞的黑衣人从她身边经过时,这个东西在她的手心里突突地跳动,好像随时会冲出来,掉在地上。她只能紧紧握住拳头,将指甲嵌进肉里。

每次她一意孤行所做的决定,结果都不好。但是她还是那么做了。为了保护秦文,她擅作主张,在冒险和失望之间,替秦文选择了后者。失望固然痛苦,总还不至于要了人的命。假如秦文拿着那个把柄去要挟什么大人物，等于是把自己的性命押上了。就算那个人暂时答应下来，日后她也完完全全在他的掌控之中。然后有一天，她会忽然消失。很多女人都消失了，很有名的女人，当她们跳出来想说点什么的时候，她们马上就消失了。于玲相信，很多核心的事物，女人根本触碰不到。可女人却总是活在一种幻觉里，觉得自己站在舞台中央，扮演着重要的角色——这是谁说的来着？就像从鹅的眼睛里望出去，看见什么都觉得比自己小。那只鹅。它最后倒也不是因为视力的问题而送命。没有它的错，是她牺牲了它。那个时候，她本可以拦住秦文的，却没有那么做，当然是希望秦文彻底死心，但同时，或许她也觉得要是非得牺牲点什么的话，这只鹅再合适不过？没错，它是挺有灵性的，但也不过是一只鹅。这个牺牲比她想象的要小得多。她和命运交易了这么多次，这一回好像终于没有输。唯一的遗憾是，她没能与秦文握手，也许她们永远都不可能是朋友，但这并没有那么重要。她已经拯救了她。

窗外玉兰树的叶子，变得更加茂盛，那些叶子一片连着一片，把全部空隙都填满了，好像这样树就不会想起掉落的花。开花好像是很遥远的事了。她把那只鹅埋在了玉兰树边。才下过雨，土很湿润，铲起来一点也不费力。她撬掉了几块石砖，将那块地方变成一小片园圃。等她拿到蔬菜种子，就把它们种到这里。要是快的话，夏天到来之前，地里会长出绿色的小苗。

男孩醒来以后，她告诉他，天鹅飞走了。是的，它会飞，这证明它是一只天鹅。男孩似乎懂得，自己必须克服这份离别的悲伤，因为飞是天鹅的天职，那双美丽的翅膀应该派上用场。

"你看到它是怎么飞起来的了吗？"男孩问。于玲意识到这个问题会在未来很长一段时间里纠缠着她，她最好说没有，但是她还是回答，是的，我看到了，然后向男孩讲述天鹅是如何飞起来的。

下午大磊打来电话，说种子都找好了，等他下了晚班送过来。于玲和他约在碧湖山庄的门口碰面，至于要不要请他进来歇歇脚，喝一杯水，她还没有决定。不过她的脑海中已经开始浮现大磊坐在厨房的中岛台边的情景。她发现她很想把昨晚发生的事讲给他听。

"我改变了一个人的余生,"她会这样告诉他,"这里头还包括一个孩子。"

至于那个U盘,有一瞬间,她想过要把它交出来,好让那个大人物的罪行公之于世。可是她不知道应该交给谁,所有人都可能跟大人物是一伙的。当然她可以交给热爱正义、以维护世界和平为己任的艾米,可是艾米也很幼稚,只会仓皇地献出自己。而且,于玲内心深处并不相信,将这个大人物除掉能改变什么。就算是十个这样的人被处理,也不会改变任何事情。她们村的村长还是会有办法把好处都给自己的儿子。可是,尽管什么也不做,她拿着这只U盘的时候,依然感觉自己手里握着一种权力。

她决定看一看U盘里到底是什么内容。那晚宽宽睡下以后,她来到二楼男主人的书房。她打开桌上的台式电脑,花了一些时间才找到插U盘的凹槽。桌面上出现了一个新的图标,她点进去。里面是一个文件夹,她再点进去,看到只有一个文件,以一长串毫无规律的字母和数字命名。在点开文件的那一刻,她已经知道自己搞错了,因为它一丝危险的气味也没有。

这不是秦文要找的"把柄"。看来当时她真的说对了：那东西没在画后面。那么它在另一个地方吗？另一个客厅，另一幅画的后面吗？还是说它只是一次醉酒后的畅想，一个充满慰藉的愿望？电脑里响起来的音乐声，使她回过神。

屏幕上出现的是这幢房子，从大门口进来，穿过餐厅，镜头上扫过爱丽丝·尼尔的画，在黄花梨条案上稍作停留，继续向前走去。后门打开了，孩子们跳出来，又跑出了画面，亭子和假山被推过来，在它们的下方，是一池绿水，锦鲤排着队在水下游弋。客人们正陆续走到院子里来，座位已经摆好，唱昆曲的人走到了台上，一男一女，一字站开。香槟塞发出砰然一声，白色液体沿着瓶口流下。冷餐在长条桌上摆开。素鸡，熏鱼，水晶肉冻，鹅肝。接着，于玲看到了她自己，端着一大盘玛德琳蛋糕走过来，鼻头很红，目光有些呆滞，眼珠盯着前面某个地方一动不动，跟秦文给她画的那幅画像简直一模一样。镜头抛下她，来到座席间，客人们在聆听，小声交谈，走到桌边取食物。天暗下来，院子里的灯亮了。白墙上出现层叠的竹影。

镜头绕着院子转了一圈，悄悄离开喧嚷的人群，顺着一条小路来到画室。灯打开了，里面没有人。画室的帷幔被缓缓撩开。一个红头发的小丑从绿色的天鹅绒中钻出来。他深深鞠了一躬，用力眨了眨那双金色星星形状的眼睛，咧开已经咧到耳朵根的大嘴，冲着镜头用力地挥手。

"再见了，孩子们，咱们明年见！"